中國語言文字研究輯刊

二二編

許學仁 主編

第21冊

《清華大學藏戰國竹簡（肆）～（柒）》
字根研究（第五冊）

范天培 著

花木蘭文化事業有限公司

國家圖書館出版品預行編目資料

《清華大學藏戰國竹簡（肆）～（柒）》字根研究（第五冊）
／范天培 著 -- 初版 -- 新北市：花木蘭文化事業有限公司，
2022〔民 111〕
目 4+154 面；21×29.7 公分
（中國語言文字研究輯刊 二二編；第 21 冊）
ISBN 978-986-518-847-4（精裝）
1.CST：簡牘文字 2.CST：詞根 3.CST：研究考訂
802.08　　　　　　　　　　　　　　　　110022449

ISBN-978-986-518-847-4

9 789865 188474

中國語言文字研究輯刊
二二編　　第二一冊　　　　ISBN：978-986-518-847-4

《清華大學藏戰國竹簡（肆）～（柒）》
字根研究（第五冊）

作　者　范天培
主　編　許學仁
總 編 輯　杜潔祥
副總編輯　楊嘉樂
編輯主任　許郁翎
編　輯　張雅淋、潘玟靜、劉子瑄　美術編輯　陳逸婷
出　版　花木蘭文化事業有限公司
發 行 人　高小娟
聯絡地址　235 新北市中和區中安街七二號十三樓
　　　　　電話：02-2923-1455／傳真：02-2923-1452
網　址　http://www.huamulan.tw 信箱 service@huamulans.com
印　刷　普羅文化出版廣告事業
初　版　2022 年 3 月
定　價　二二編 28 冊（精裝）　台幣 92,000 元

《清華大學藏戰國竹簡（肆）～（柒）》字根研究（第五冊）

范天培　著

目

次

四十六、車 類

391 彳（行）

單 字				
四/筮法/22/行	四/筮法/44/行	四/筮法/62/行	五/命訓/3/行	五/命訓/6/行
五/命訓/8/行	五/命訓/8/行	五/命訓/10/行	五/命訓/12/行	五/命訓/15/行
五/湯門/5/行	五/湯門/19/行	五/湯門/20/行	五/三壽/10/行	五/三壽/11/行
五/三壽/14/行	五/三壽/23/行	五/厚父/13/行	六/子儀/16/行	六/子產/6/行
六/子產/11/行	六/子產/15/行	六/子產/24/行	六/子產/25/行	六/管仲/5/行
六/管仲/10/行	六/管仲/11/行	六/管仲/17/行	六/管仲/18/行	六/管仲/19/行
六/管仲/23/行	六/管仲/26/行	七/越公/1/行	七/越公/60/行	七/越公/69/行

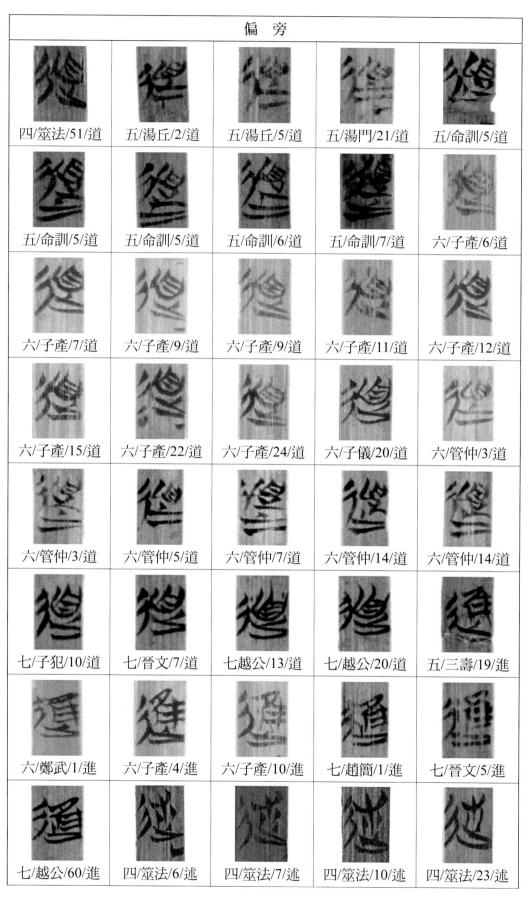

偏　旁				
四/筮法/51/道	五/湯丘/2/道	五/湯丘/5/道	五/湯門/21/道	五/命訓/5/道
五/命訓/5/道	五/命訓/5/道	五/命訓/6/道	五/命訓/7/道	六/子產/6/道
六/子產/7/道	六/子產/9/道	六/子產/9/道	六/子產/11/道	六/子產/12/道
六/子產/15/道	六/子產/22/道	六/子產/24/道	六/子儀/20/道	六/管仲/3/道
六/管仲/3/道	六/管仲/5/道	六/管仲/7/道	六/管仲/14/道	六/管仲/14/道
七/子犯/10/道	七/晉文/7/道	七越公/13/道	七越公/20/道	五/三壽/19/進
六/鄭武/1/進	六/子產/4/進	六/子產/10/進	七/趙簡/1/進	七/晉文/5/進
七/越公/60/進	四/筮法/6/述	四/筮法/7/述	四/筮法/10/述	四/筮法/23/述

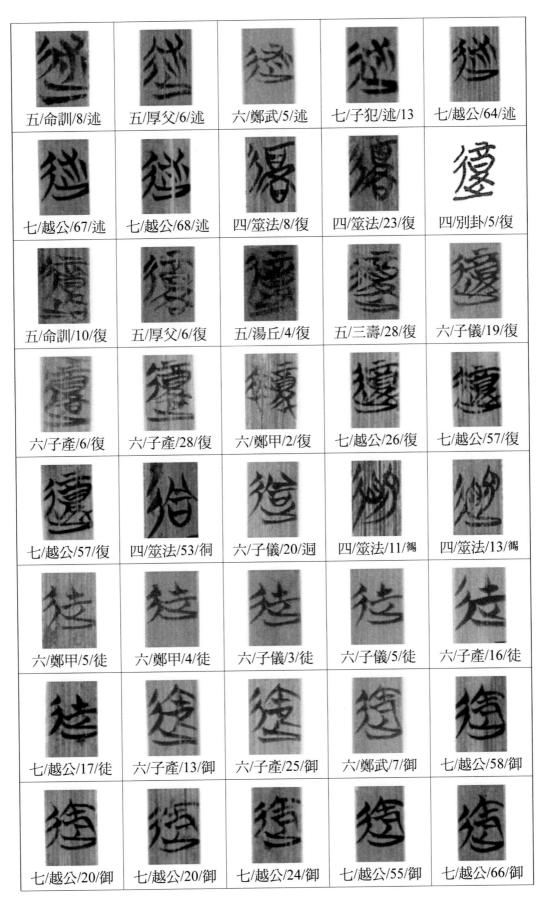

五/命訓/8/述	五/厚父/6/述	六/鄭武/5/述	七/子犯/述/13	七/越公/64/述
七/越公/67/述	七/越公/68/述	四/筮法/8/復	四/筮法/23/復	四/別卦/5/復
五/命訓/10/復	五/厚父/6/復	五/湯丘/4/復	五/三壽/28/復	六/子儀/19/復
六/子產/6/復	六/子產/28/復	六/鄭甲/2/復	七/越公/26/復	七/越公/57/復
七/越公/57/復	四/筮法/53/徊	六/子儀/20/迥	四/筮法/11/煬	四/筮法/13/煬
六/鄭甲/5/徒	六/鄭甲/4/徒	六/子儀/3/徒	六/子儀/5/徒	六/子產/16/徒
七/越公/17/徒	六/子產/13/御	六/子產/25/御	六/鄭武/7/御	七/越公/58/御
七/越公/20/御	七/越公/20/御	七/越公/24/御	七/越公/55/御	七/越公/66/御

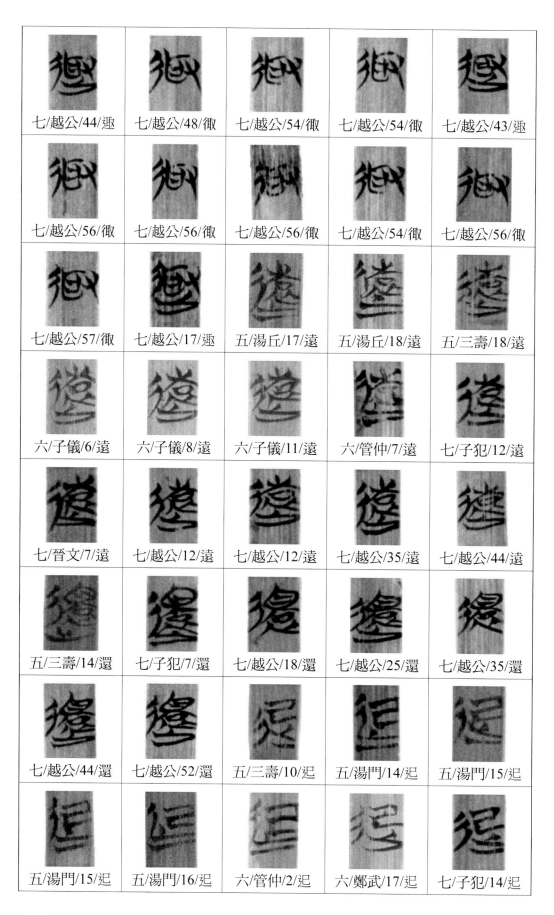

七/越公/44/逪	七/越公/48/徹	七/越公/54/徹	七/越公/54/徹	七/越公/43/逪
七/越公/56/徹	七/越公/56/徹	七/越公/56/徹	七/越公/54/徹	七/越公/56/徹
七/越公/57/徹	七/越公/17/逪	五/湯丘/17/遠	五/湯丘/18/遠	五/三壽/18/遠
六/子儀/6/遠	六/子儀/8/遠	六/子儀/11/遠	六/管仲/7/遠	七/子犯/12/遠
七/晉文/7/遠	七/越公/12/遠	七/越公/12/遠	七/越公/35/遠	七/越公/44/遠
五/三壽/14/還	七/子犯/7/還	七/越公/18/還	七/越公/25/還	七/越公/35/還
七/越公/44/還	七/越公/52/還	五/三壽/10/迡	五/湯門/14/迡	五/湯門/15/迡
五/湯門/15/迡	五/湯門/16/迡	六/管仲/2/迡	六/鄭武/17/迡	七/子犯/14/迡

七/子犯/14/迂	七/越公/62/迂	七/越公/63/迂	五/厚父/4/後	五/三壽/8/後
五/三壽/26/後	六/鄭甲/6/後	六/管仲/25/後	七/子犯/12/後	七/越公/3/後
七/越公/56/後	七/越公/56/後	七/越公/57/後	七/越公/74/後	七/越公/6/衚
七/越公/19/衚	五/三壽/1/從	五/命訓/13/從	五/命訓/14/從	五/命訓/15/從
五/命訓/15/從	六/管仲/3/從	六/管仲/2/從	六/管仲/3/從	六/管仲/3/從
七/子犯/10/從	七/越公/32/從	五/湯丘/19/退	七/晉文/5/退	七/趙簡/3/退
七/趙簡/4/退	七/越公/60/退	七/越公/60/退	四/筮法/15/逄	五/命訓/11/逄
四/筮法/15/逄	五/命訓/11/逄	五/三壽/24/逄	六/鄭甲/12/逢	六/鄭乙/10/逢

 六/子產/2/遳	 六/子產/2/遳	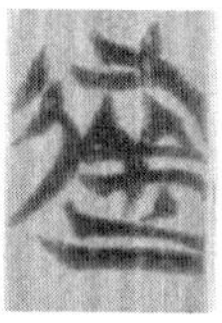 六/子產/8/遳	 六/子產/17/遳	 六/子產/18/遳
 七/子犯/9/遳	 七/趙簡/5/遳	 七/趙簡/5/遳	 七/趙簡/6/遳	 七/趙簡/6/遳
 七/趙簡/11/遳	 七/越公/57/遳	 七/越公/58/遳	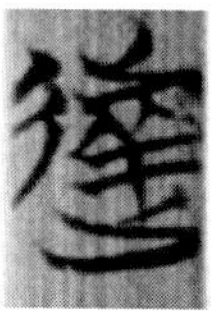 七/越公/74/遳	 五/湯門/11/没
 五/湯門/12/没	 五/湯門/12/没	 五/湯門/15/没	 五/湯門/16/没	 五/湯門/16/没
 五/湯門/16/没	 六/子產/14/没	 五/厚父/10/役	 七/越公/28/没	 六/子產/16/使
 七/越公/9/使	 七/越公/15/使	 七/越公/23/使	 七/越公/24/使	 七/越公/44/使
 七/越公/51/使	 七/越公/72/使	 五/湯丘/4/歸	 五/湯丘/5/歸	 五/三壽/23/歸
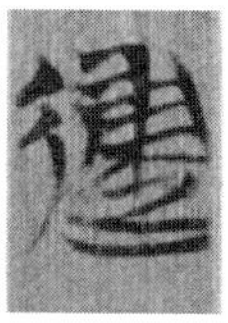 六/子儀/20/逿	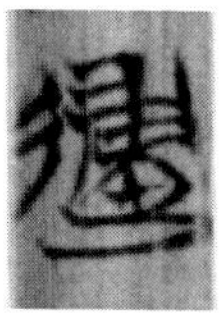 七/越公/49/歸	 五/湯丘/5/迻	 七/越公/13/迻	 七/越公/9/迻

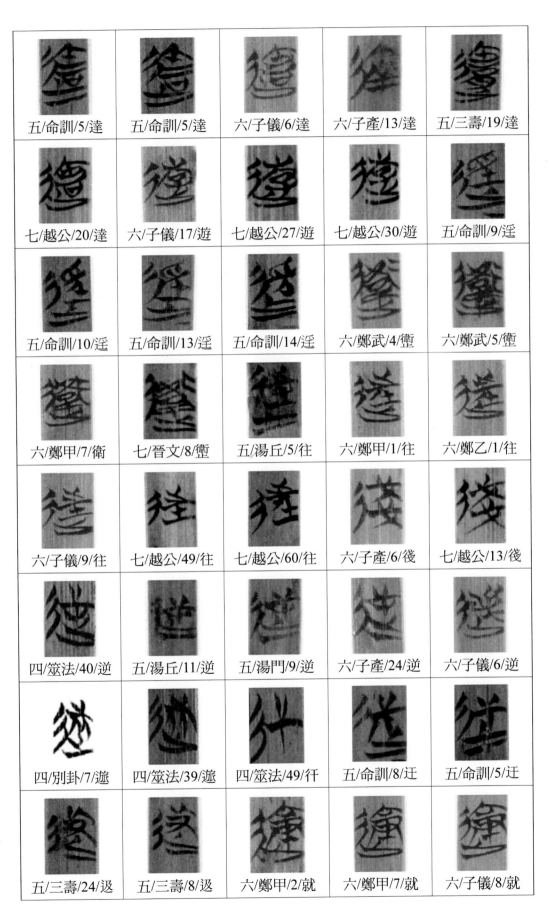

五/命訓/5/達	五/命訓/5/達	六/子儀/6/達	六/子產/13/達	五/三壽/19/達
七/越公/20/達	六/子儀/17/遊	七/越公/27/遊	七/越公/30/遊	五/命訓/9/迬
五/命訓/10/迬	五/命訓/13/迬	五/命訓/14/迬	六/鄭武/4/竁	六/鄭武/5/竁
六/鄭甲/7/衛	七/晉文/8/竁	五/湯丘/5/往	六/鄭甲/1/往	六/鄭乙/1/往
六/子儀/9/往	七/越公/49/往	七/越公/60/往	六/子產/6/徬	七/越公/13/徬
四/筮法/40/逆	五/湯丘/11/逆	五/湯門/9/逆	六/子產/24/逆	六/子儀/6/逆
四/別卦/7/遮	四/筮法/39/遮	四/筮法/49/仟	五/命訓/8/迁	五/命訓/5/迁
五/三壽/24/迆	五/三壽/8/迆	六/鄭甲/2/就	六/鄭甲/7/就	六/子儀/8/就

六/鄭乙/7/逐	五/三壽/15/遷	七/越公/12/遷	六/鄭甲/8/遺	六/鄭甲/8/遺
六/鄭乙/7/遺	六/鄭乙/7/遺	六/子儀/19/遺	七/子犯/10/遺	七/趙簡/3/造
七/趙簡/3/造	七/越公/35/伲	七/越公/44/伲	七/越公/59/徧	七/越公/59/徧
四/筮法/40/仮	四/筮法/28/迷	四/別卦/8/連	五/三壽/12/迷	五/三壽/15/适
五/厚父/8/連	五/厚父/12/彷	六/鄭甲/4/逗	六/鄭甲/8/达	六/鄭武/14/远
六/子儀/1/迻	六/子儀/9/追	六/子產/8/惡	六/子產/14/徭	六/子儀/18/适
六/子儀/10/遺	六/管仲/22/逊	六/管仲/22/遺	六/管仲/7/逐	七/晉文/1/逗
七/晉文/2/竜	七/子犯/1/迠	七/子犯/9/遵	七/趙簡/2/迣	七/越公/17/遽

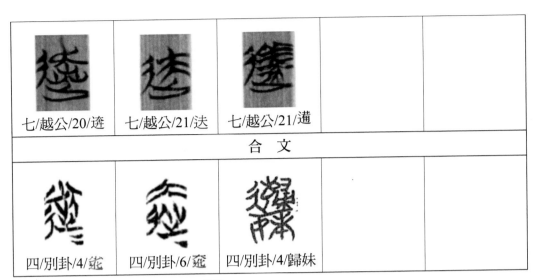

七/越公/20/逡	七/越公/21/迖	七/越公/21/遄		
合 文				
四/別卦/4/兺	四/別卦/6/兺	四/別卦/4/歸妹		

《說文・卷二・行部》：「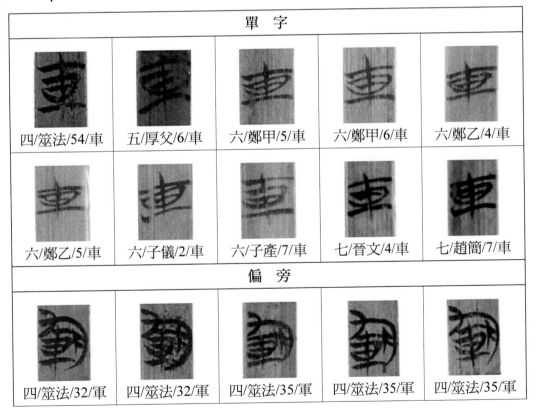，人之步趨也。从彳从亍。凡行之屬皆从行。」

甲骨文形體寫作：𡘜（《合集》5454），𡘜（《合集》4903），𡘜（《合集》4896）。

金文形體寫作：𡘜（《史牆盤》），𡘜（《黃子壺》）。「行」字為獨體象形字，象形道路四通之形。

392 車

單 字				
四/筮法/54/車	五/厚父/6/車	六/鄭甲/5/車	六/鄭甲/6/車	六/鄭乙/4/車
六/鄭乙/5/車	六/子儀/2/車	六/子產/7/車	七/晉文/4/車	七/趙簡/7/車
偏 旁				
四/筮法/32/軍	四/筮法/32/軍	四/筮法/35/軍	四/筮法/35/軍	四/筮法/35/軍

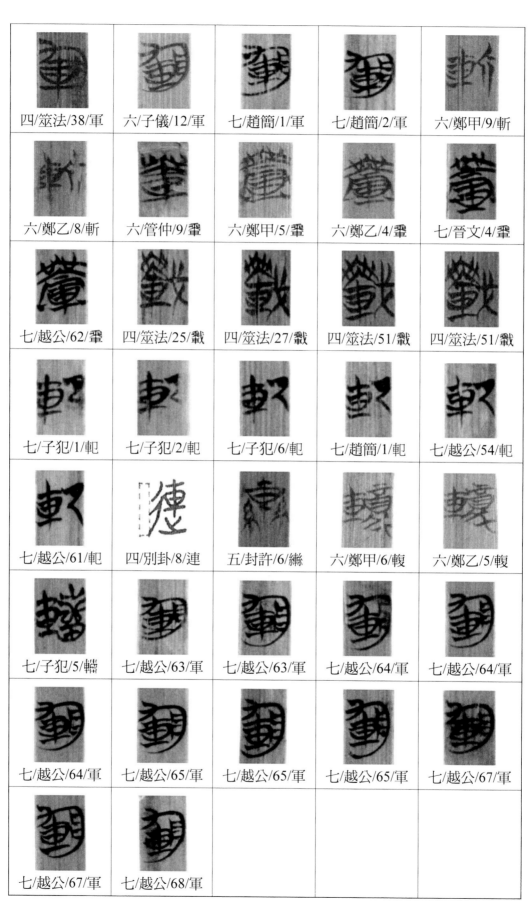

四/筮法/38/軍	六/子儀/12/軍	七/趙簡/1/軍	七/趙簡/2/軍	六/鄭甲/9/斬
六/鄭乙/8/斬	六/管仲/9/軍	六/鄭甲/5/軍	六/鄭乙/4/軍	七/晉文/4/軍
七/越公/62/軍	四/筮法/25/戳	四/筮法/27/戳	四/筮法/51/戳	四/筮法/51/戳
七/子犯/1/軛	七/子犯/2/軛	七/子犯/6/軛	七/趙簡/1/軛	七/越公/54/軛
七/越公/61/軛	四/別卦/8/連	五/封許/6/繛	六/鄭甲/6/輹	六/鄭乙/5/輹
七/子犯/5/轜	七/越公/63/軍	七/越公/63/軍	七/越公/64/軍	七/越公/64/軍
七/越公/64/軍	七/越公/65/軍	七/越公/65/軍	七/越公/65/軍	七/越公/67/軍
七/越公/67/軍	七/越公/68/軍			

《說文‧卷十四‧車部》:「車，輿輪之總名。夏后時奚仲所造。象形。凡車之屬皆从車。車̇籀文車。」甲骨文形體寫作：車̇（《合集》11449），車̇（《合集》11456），車̇（《合集》21622）。金文形體寫作：車̇（《小臣宅鼎》），車̇（《同卣》），車̇（《大盂鼎》）。季師釋形作：「象形字，象輿輪之總名。」〔註417〕

393　舟

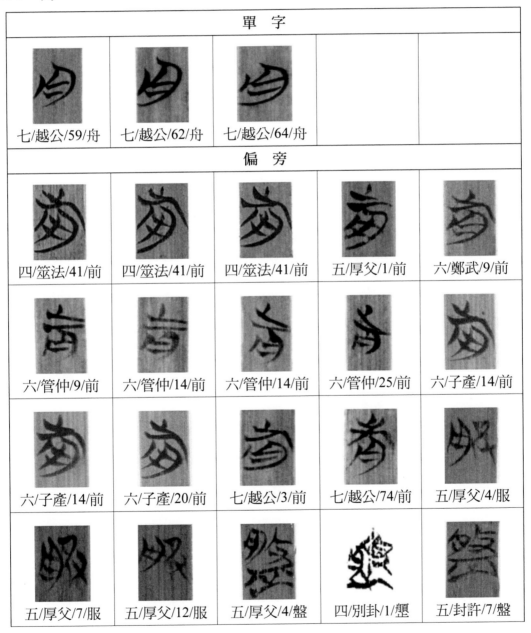

單　字			
七/越公/59/舟	七/越公/62/舟	七/越公/64/舟	
偏　旁				
四/筮法/41/前	四/筮法/41/前	四/筮法/41/前	五/厚父/1/前	六/鄭武/9/前
六/管仲/9/前	六/管仲/14/前	六/管仲/14/前	六/管仲/25/前	六/子產/14/前
六/子產/14/前	六/子產/20/前	七/越公/3/前	七/越公/74/前	五/厚父/4/服
五/厚父/7/服	五/厚父/12/服	五/厚父/4/盤	四/別卦/1/盤	五/封許/7/盤

〔註417〕季師旭昇：《說文新證》，頁939。

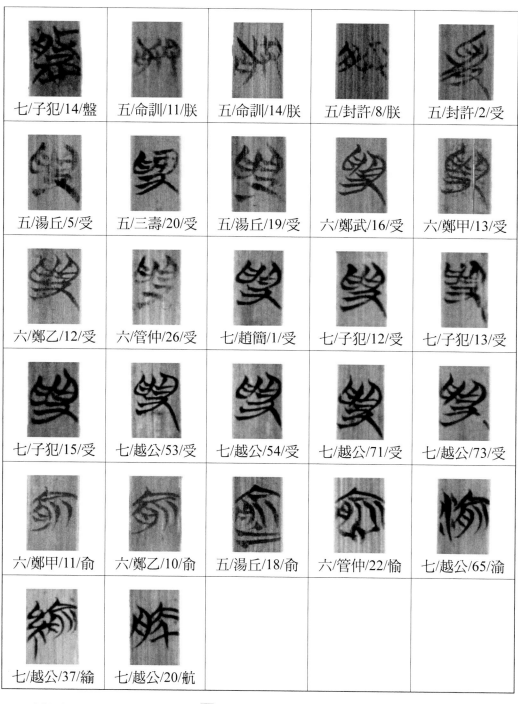

七/子犯/14/盤	五/命訓/11/朕	五/命訓/14/朕	五/封許/8/朕	五/封許/2/受
五/湯丘/5/受	五/三壽/20/受	五/湯丘/19/受	六/鄭武/16/受	六/鄭甲/13/受
六/鄭乙/12/受	六/管仲/26/受	七/趙簡/1/受	七/子犯/12/受	七/子犯/13/受
七/子犯/15/受	七/越公/53/受	七/越公/54/受	七/越公/71/受	七/越公/73/受
六/鄭甲/11/俞	六/鄭乙/10/俞	五/湯丘/18/俞	六/管仲/22/愉	七/越公/65/渝
七/越公/37/繪	七/越公/20/航			

　　《說文‧卷八‧舟部》：「，船也。古者，共鼓、貨狄，刳木為舟，剡木為楫，以濟不通。象形。凡舟之屬皆从舟。」甲骨文形體寫作：（《合集》9772），（《合集》7416），（《合集》10989）。金文形體寫作：（《尹舟父丁鼎》），（《舟作寶鼎》），（《楚簋》）。「舟」字即是象形字，象舟之形。

394 戹

單 字				
六/鄭甲/7/戹	六/鄭乙/6/戹			

《說文·卷十二·戶部》：「⿱，隘也。从戶乙聲。」甲骨文形體寫作：⿰（《合集》18267）。金文形體寫作：⿰（《朵伯簋》），⿰（《三年師兌簋》），⿰（《番生簋》）。「戹」字為象形字，象架在馬脖子上控制馬的駕具。[註418]

〔註418〕季師旭昇：《說文新證》，頁834。

四十七、屋　類

395　宀

偏　旁				
四/筮法/11/向	四/筮法/13/向	五/封許/2/向	六/鄭武/11/定	六/鄭武/14/定
七/子犯/2/定	四/筮法/32/室	四/筮法/43/室	六/鄭武/4/室	六/子產/23/室
六/子產/28/室	七/趙簡/7/室	七/趙簡/8/室	七/趙簡/9/室	七/越公/59/室
七/趙簡/11/室	六/子儀/14/臺	四/筮法/43/宗	五/三壽/1/宗	五/三壽/1/宗
五/三壽/5/宗	五/三壽/7/宗	五/三壽/11/宗	五/三壽/24/宗	七/越公/4/宗
七/越公/22/宗	七/越公/22/宗	七/越公/26/宗	七/越公/74/宗	六/子產/3/官
六/芋儀/14/官	六/子儀/15/官	六/管仲/9/官	六/管仲/13/官	七/越公/40/官

七/越公/40/官	七/越公/39/管	六/鄭武/6/宮	六/鄭甲/11/宮	六/鄭乙/9/宮
六/子產/23/宮	七/趙簡/8/宮	七/趙簡/9/宮	七/趙簡/10/宮	七/趙簡/10/宮
七/越公/54/宮	七/越公/69/宮	六/子產/3/安	六/子儀/1/安	六/管仲/22/安
七/越公/27/安	七/越公/29/安	七/越公/74/安	六/子產/7/宅	六/子產/8/宅
五/三壽/4/申	五/三壽/4/申	五/三壽/16/申	五/三壽/28/申	六/子產/4/申
五/三壽/8/福	五/三壽/25/福	六/子產/2/福	六/管仲/17/宜	六/管仲/19/宜
六/管仲/21/宜	五/湯丘/2/交	六/管仲/4/交	六/管仲/14/寶	六/管仲/22/窠
五/三壽/11/寶	六/鄭武/5/寶	六/管仲/8/寶	六/管仲/14/寶	七/晉文/8/宋

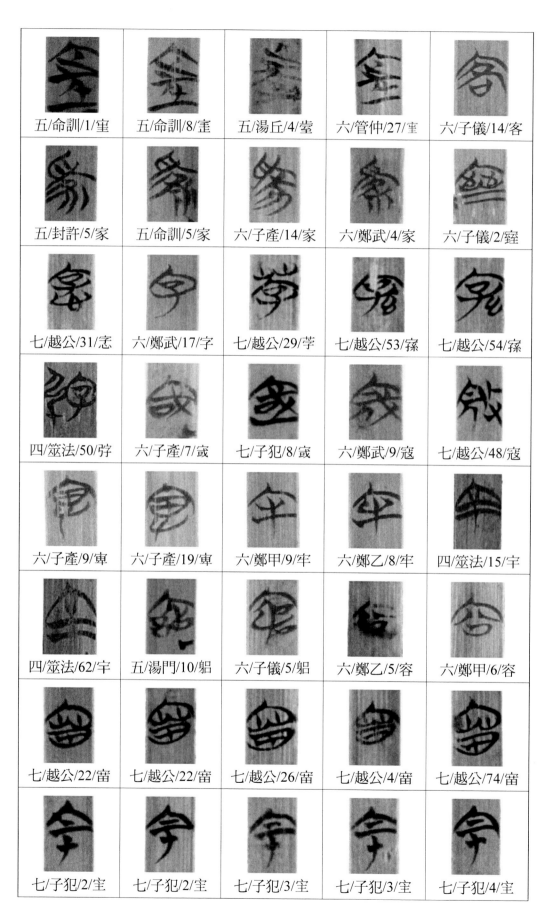

五/命訓/1/宧	五/命訓/8/宧	五/湯丘/4/臺	六/管仲/27/宧	六/子儀/14/客
五/封許/5/家	五/命訓/5/家	六/子產/14/家	六/鄭武/4/家	六/子儀/2/窒
七/越公/31/忠	六/鄭武/17/字	七/越公/29/芋	七/越公/53/寀	七/越公/54/寀
四/筮法/50/孞	六/子產/7/或	七/子犯/8/寁	六/鄭武/9/寇	七/越公/48/寇
六/子產/9/寁	六/子產/19/寁	六/鄭甲/9/牢	六/鄭乙/8/牢	四/筮法/15/宇
四/筮法/62/宇	五/湯門/10/躬	六/子儀/5/躬	六/鄭乙/5/容	六/鄭甲/6/容
七/越公/22/宙	七/越公/22/宙	七/越公/26/宙	七/越公/4/宙	七/越公/74/宙
七/子犯/2/宝	七/子犯/2/宝	七/子犯/3/宝	七/子犯/3/宝	七/子犯/4/宝

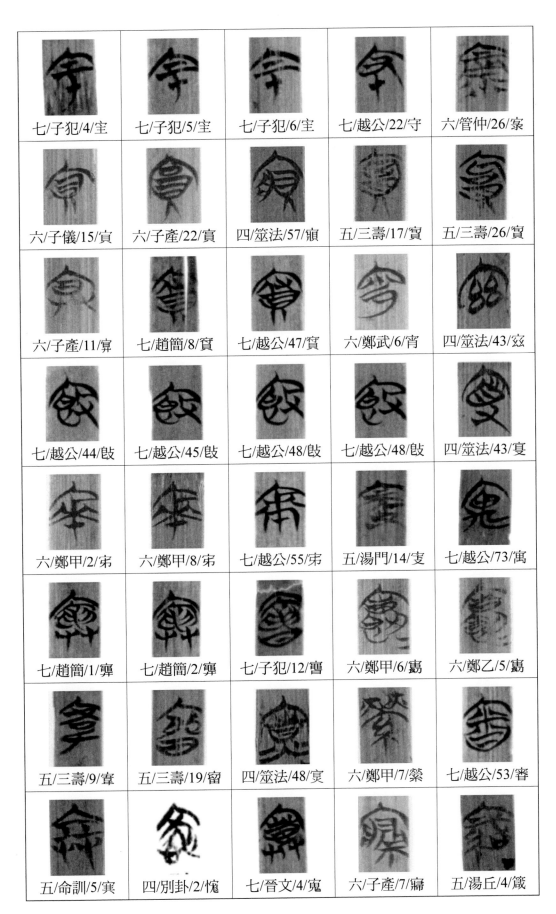

七/子犯/4/宝	七/子犯/5/宝	七/子犯/6/宝	七/越公/22/守	六/管仲/26/寏
六/子儀/15/宜	六/子產/22/寘	四/筮法/57/瞋	五/三壽/17/寶	五/三壽/26/寶
六/子產/11/宲	七/趙簡/8/寶	七/越公/47/寶	六/鄭武/6/宵	四/筮法/43/茲
七/越公/44/啟	七/越公/45/啟	七/越公/48/啟	七/越公/48/啟	四/筮法/43/夏
六/鄭甲/2/宋	六/鄭甲/8/宋	七/越公/55/宋	五/湯門/14/攴	七/越公/73/寓
七/趙簡/1/寧	七/趙簡/2/寧	七/子犯/12/雪	六/鄭甲/6/寣	六/鄭乙/5/寣
五/三壽/9/寠	五/三壽/19/留	四/筮法/48/宜	六/鄭甲/7/紮	七/越公/53/睿
五/命訓/5/寅	四/別卦/2/憛	七/晉文/4/寇	六/子產/7/寤	五/湯丘/4/箴

訛　形				
 六/子儀/9/宜	 七/越公/44/廄			

合　文				
 四/別卦/4/大臧				

　　《說文‧卷七‧宀部》：「🄰，交覆深屋也。象形。凡宀之屬皆从宀。」甲骨文形體寫作：ㅅ（《合集》22247），ㅅ（《合集》34069），ㅅ（《合集》13517）。金文形體寫作：🄰（《子黃尊》「室」字上部為「宀」），🄰（《向簋》，「向」字上部所從為「宀」）。「宀」為象形字，象深屋之形。

396　穴

單　字				
 六/鄭甲/9/穴	 六/鄭乙/8/穴			

偏　旁				
 五/三壽/19/窰	 六/鄭武/15/窰	 六/管仲/22/窰	 七/子犯/10/窰	 七/越公/26/窰
 七/趙簡/8/窘	 七/趙簡/9/窘	 六/子儀/1/罙		

混　同				
五/湯丘/18/罙				

《說文‧卷七‧穴部》：「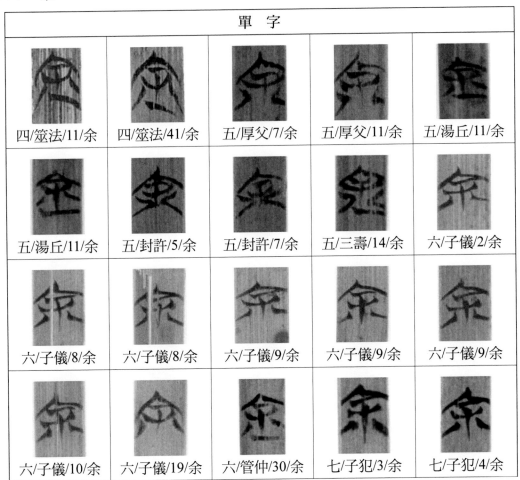，土室也。从宀八聲。凡穴之屬皆从穴。」甲骨文（《拾遺》5.7），葉玉森釋從「穴」，李孝定從之。〔註419〕商金文中「穴」字偏旁寫作：（《父辛觶》，字上從「穴」）。兩周金文中形體寫作：（《伯見父盨》）。季師謂：「疑象土室之形，從宀下二點，不從八，二點或象通氣孔穴。」〔註420〕

397　余

單　字				
四/筮法/11/余	四/筮法/41/余	五/厚父/7/余	五/厚父/11/余	五/湯丘/11/余
五/湯丘/11/余	五/封許/5/余	五/封許/7/余	五/三壽/14/余	六/子儀/2/余
六/子儀/8/余	六/子儀/8/余	六/子儀/9/余	六/子儀/9/余	六/子儀/9/余
六/子儀/10/余	六/子儀/19/余	六/管仲/30/余	七/子犯/3/余	七/子犯/4/余

〔註419〕李孝定：《甲骨文字集釋》，頁2507。

〔註420〕季師旭昇：《說文新證》，605。

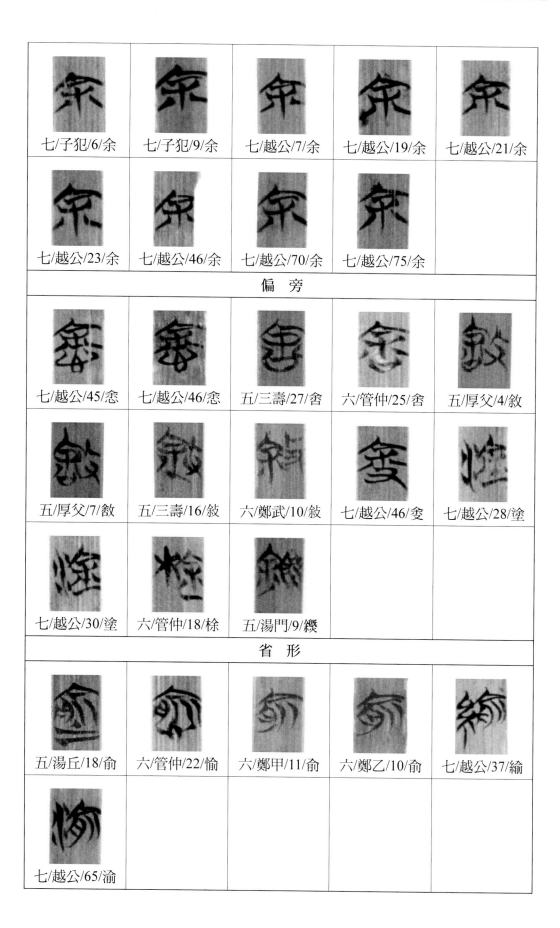

七/子犯/6/余	七/子犯/9/余	七/越公/7/余	七/越公/19/余	七/越公/21/余
七/越公/23/余	七/越公/46/余	七/越公/70/余	七/越公/75/余	

偏　旁

七/越公/45/悆	七/越公/46/悆	五/三壽/27/舍	六/管仲/25/舍	五/厚父/4/敘
五/厚父/7/敘	五/三壽/16/敍	六/鄭武/10/敍	七/越公/46/夋	七/越公/28/塗
七/越公/30/塗	六/管仲/18/栐	五/湯門/9/攙		

省　形

五/湯丘/18/俞	六/管仲/22/愉	六/鄭甲/11/俞	六/鄭乙/10/俞	七/越公/37/綸
七/越公/65/渝				

　　《說文·卷二·八部》：「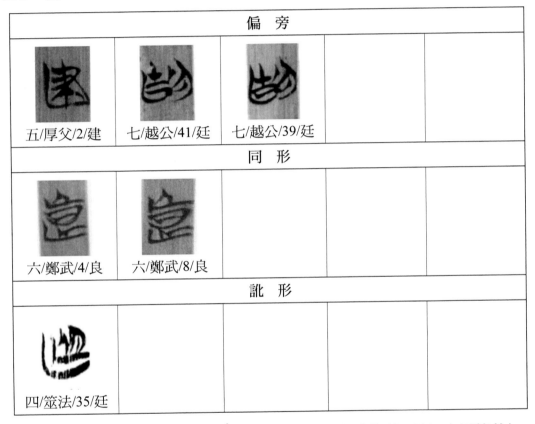，語之舒也。从八，舍省聲。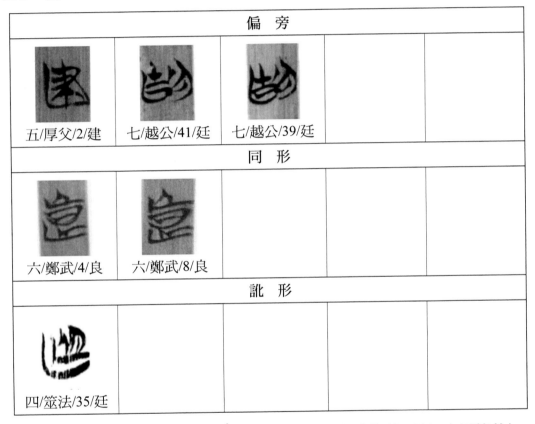二余也。讀與余同。」甲骨文形體寫作：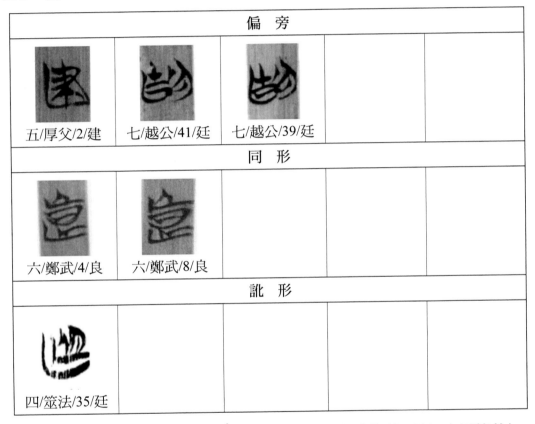（《合集》6404），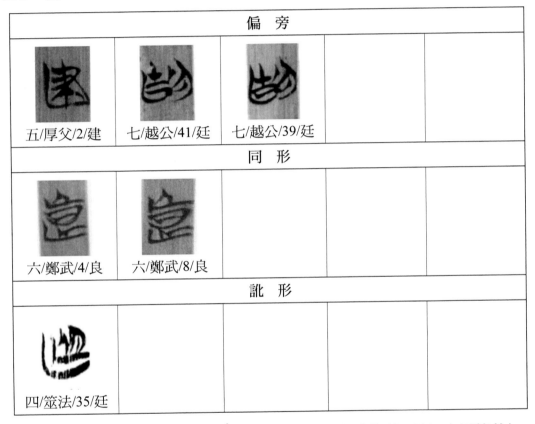（《合集》22099），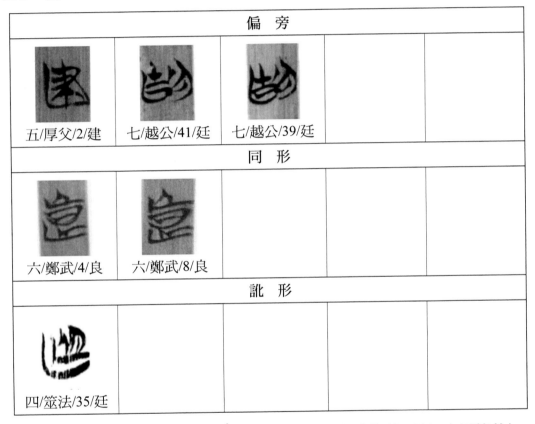（《合集》16100）。金文形體寫作：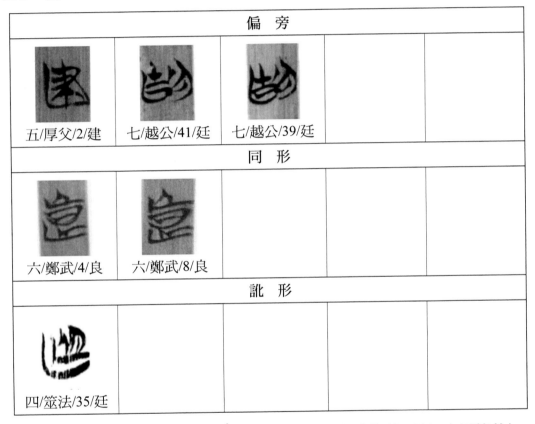（《何尊》），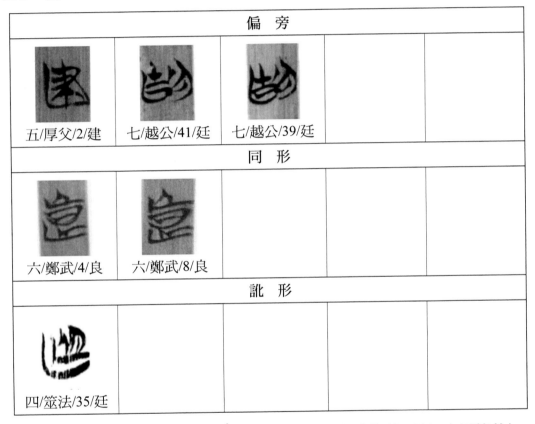（《蔡侯鎛》）。「余」字的字形本義仍然待考，學者有很多講法。徐中舒認為象木柱支撐屋舍之形體。〔註421〕高鴻縉認為象茅舍形體。〔註422〕

398　乚

偏　旁				
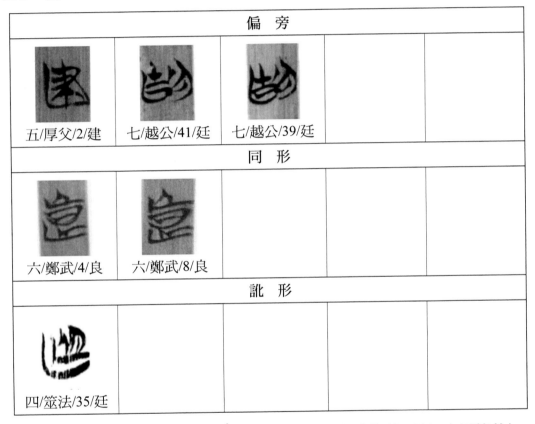	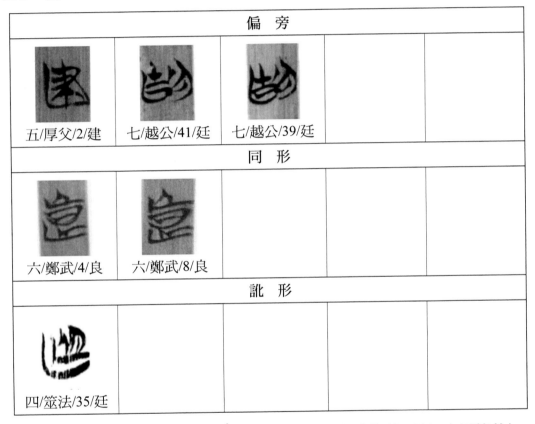	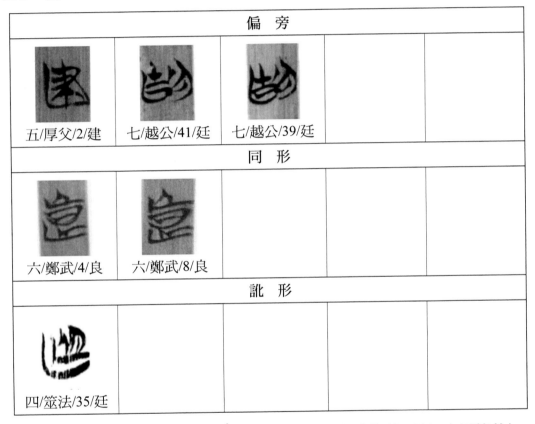		
五/厚父/2/建	七/越公/41/廷	七/越公/39/廷		
同　形				
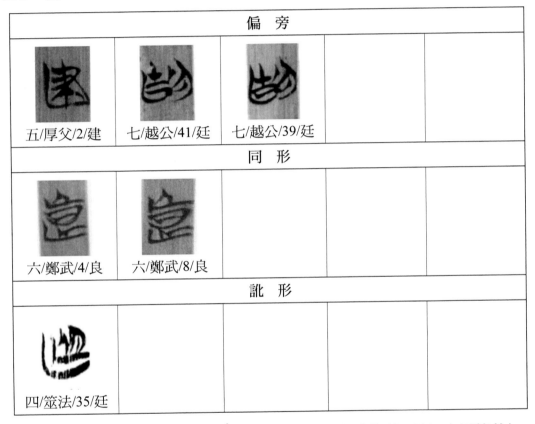	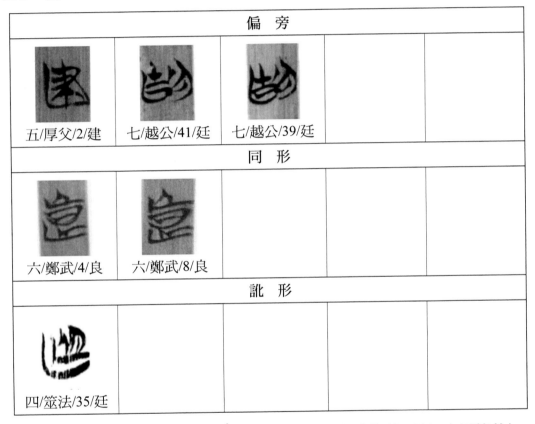			
六/鄭武/4/良	六/鄭武/8/良			
訛　形				
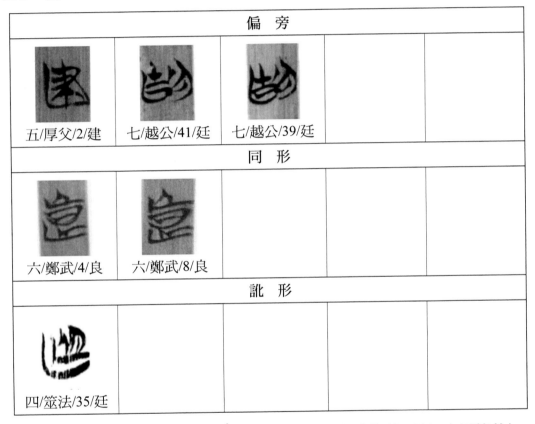				
四/筮法/35/廷				

　　《說文·卷十二·乚部》：「乚，匿也，象迀曲隱蔽形。凡乚之屬皆从乚。讀若隱。」甲骨文字「區」從「乚」寫作：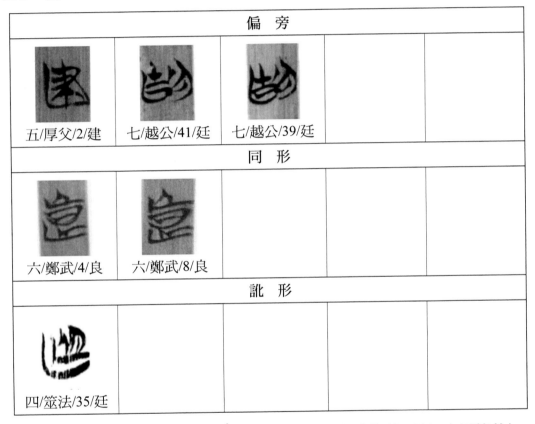（《合集》458），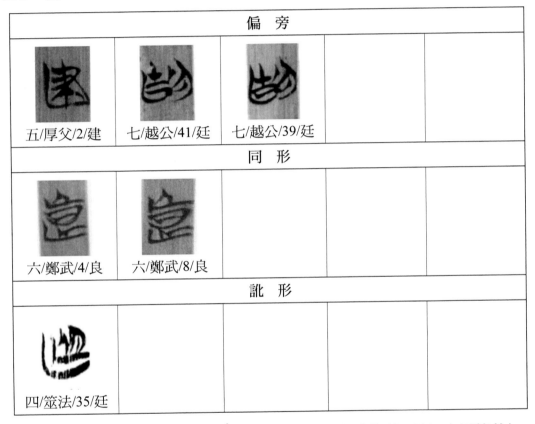（《合集》34679）。金文「廷」字從「乚」形體寫作：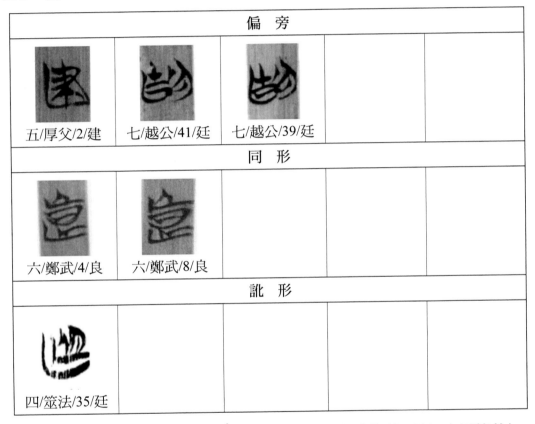（《盂鼎》）。季師釋形作：「指事字，以抽象的筆畫『乚』表示一個較為隱匿的區域。」〔註423〕

〔註421〕徐中舒：《甲骨文字典》，頁72。
〔註422〕高鴻縉：《中國字例》，頁252。
〔註423〕季師旭昇：《說文新證》，頁870。

399　凵

偏　旁				
四/筮法/6/凵	四/筮法/15/出	四/筮法/22/出	四/筮法/22/出	四/筮法/42/出
四/筮法/49/出	五/湯丘/3/出	五/三壽/21/出	六/鄭甲/13/出	六/鄭甲/4/出
六/鄭乙/11/出	六/子產/6/出	六/子產/15/出	六/管仲/26/出	七/晉文/6/出
七/晉文/6/出	七/晉文/7/出	七/子犯/2/出	七/越公/15/出	七/越公/53/出
七/越公/53/出				

偏　旁				
五/湯門/10/屈	七/越公/74/屈	五/湯丘/2/飿		

訛　混				
五/厚父/3/否				

《說文・卷二・凵部》：「凵，張口也。象形。凡凵之屬皆从凵。」甲骨文形體寫作：凵（《京都》2052），燊（《合集》22374「陷」字從「凵」）。金文形體寫作：凵（《父戊簋》「臽」字所從）。季師謂：「象坎穴形，地上凹陷的坎穴。」〔註424〕

400　亯

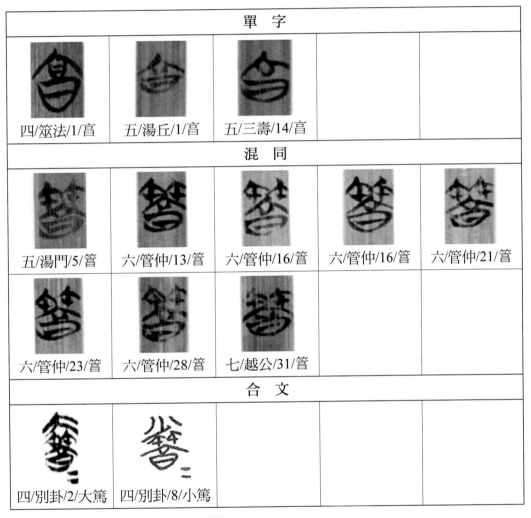

單　字			
四/筮法/1/亯	五/湯丘/1/亯	五/三壽/14/亯	
混　同			
五/湯門/5/簹	六/管仲/13/簹	六/管仲/16/簹	六/管仲/16/簹	六/管仲/21/簹
六/管仲/23/簹	六/管仲/28/簹	七/越公/31/簹	
合　文			
四/別卦/2/大篤	四/別卦/8/小篤		

《說文・卷五・亯部》：「亯，獻也。从高省，曰象進孰物形。《孝經》曰：『祭則鬼亯之。』凡亯之屬皆从亯。𩱈篆文亯。」甲骨文形體寫作：舍（《合集》13619），𩰲（《合集》32986）。金文形體寫作：舍（《亯鼎》），舍（《井南伯簋》）𩰲（《段簋》）。季師釋形作：「獨體象形字，祭祀的建築場所。引申為祭享、享用、亯通。」〔註425〕

〔註424〕季師旭昇：《說文新證》，頁643。
〔註425〕季師旭昇：《說文新證》，頁455。

古文中「答」字從「竹」從「會」,「會」或省為「合」,二形混同。《說文‧卷五‧亼部》:「[image]，合口也。从亼从口。」甲骨文形體寫作:[image](《合集》22066),[image](《合集》3297)。金文形體寫作:[image](《秦公鍾》)。「合」字會上下兩口對答情形。戰國文字形體下部「口」形變為「甘」形,中部彙增口形體。

401 京

偏 旁			
五/厚父/10/欿	七/越公/37/諒		

《說文‧卷五‧京部》:「[image]，人所為絕高丘也。从高省,丨象高形。凡京之屬皆从京。」甲骨文形體寫作:[image](《合集》20190),[image](《合集》36909),[image](《合集》13523)。金文形體寫作:[image](《伯姜鬲》),[image](《麥方尊》)。「京」字為象形字,人所為宮觀亭臺。引申為高丘之高義。〔註426〕

402 高

單 字				
五/厚父/8/高	五/厚父/12/高	五/湯丘/18/高	五/三壽/1/高	五/三壽/1/高
五/三壽/5/高	五/三壽/5/高	五/三壽/7/高	五/三壽/11/高	五/三壽/24/高
五/三壽/24/高	五/三壽/25/高			

〔註426〕季師旭昇:《說文新證》,頁453。

偏　旁				
七/晉文/7/嵩				

《說文・卷五・高部》：「高，崇也。象臺觀高之形。从冂、口。與倉、舍同意。凡高之屬皆从高。」甲骨文形體寫作：（《合補》224），（《屯南》2698），（《合集》18643），（《懷》136）。金文形體寫作：（《師高器》），（《大簋蓋》）。季師釋形作：「甲骨文從京，口形為分化符號。京是當時做能見到的高大的建築物，最能表達『高』的概念，因此殷人在『京』字的基礎上，加分化符號『口』，分化出『高』字，也因『京』字以為聲。」〔註427〕

403　复

偏　旁				
四/筮法/8/復	四/筮法/23/復			
訛　形				
四/別卦/5/復	五/命訓/10/復	五/厚父/6/復	五/湯丘/4/復	五/三壽/28/復
六/子儀/19/復	六/子產/6/復	六/子產/28/復	六/鄭甲/2/復	七/越公/26/復

〔註427〕季師旭昇：《說文新證》，頁448。

七/越公/57/復	七/越公/57/復			

《說文・卷七・穴部》：「，地室也。从穴復聲。《詩》曰：『陶復陶穴。』」
《說文・卷五・夊部》：「，行故道也。从夊，畐省聲。」甲骨文形體寫作：
![]（《合集》3061）。金文形體寫作：![]（《季复父匜》）。字釋形作：《毛詩・大
雅・綿》：「陶復陶居。」于省吾：「住穴與復穴的內部都用陶冶出來的紅燒
土所建成。……先掘成住穴，然後在住穴內又掘成窖穴，大穴套小穴，故曰
『陶復陶居』。」〔註428〕陳永正亦有類似說法，可參看。〔註429〕

404　就

單　字				
![] 五/封許/8/就	![] 七/趙簡/2/就	![] 七/趙簡/9/就	![] 七/趙簡/10/就	![] 七/子犯/12/就
![] 七/越公/21/就				
偏　旁				
![] 五/三壽/21/就	![] 五/三壽/28/𩫖	![] 六/鄭甲/2/就	![] 六/鄭甲/7/就	![] 六/鄭乙/6/就
![] 六/子儀/8/就				

〔註428〕于省吾：《澤螺居詩經新證（中）》，頁143。
〔註429〕陳永正：〈釋自〉《古文字研究（第4輯）》，頁258。

　　《說文・卷五・京部》：「，就，高也。从京从尤。尤，異於凡也。，籀文就。」甲骨文形體寫作：（《合集》3139），（《合集》3140）。金文形體寫作：（《三年師兌簋》），（《蔡簋》）。甲骨文形體從「㐭」在「京」上，表示就高、繼承語義。引申為成就。〔註430〕

405　良

單 字				
五/厚父/1/良	五/厚父/2/良	五/厚父/11/良	五/湯門/21/良	六/子產/2/良
六/子產/4/良	六/鄭武/8/良	六/管仲/21/良	六/管仲/23/良	七/子犯/1/良
七/子犯/3/良	七/子犯/4/良	七/子犯/4/良	七/子犯/6/良	七/越公/11/良
七/越公/16/良	七/越公/22/良			
偏 旁				
七/越公/17/狼				

　　《說文・卷五・畐部》：「，善也。从畐省，亡聲。古文良。亦古文良。亦古文良。」甲骨文形體寫作：（《合集》4952），（《合集》

〔註430〕季師旭昇：《說文新證》，頁454。

22049），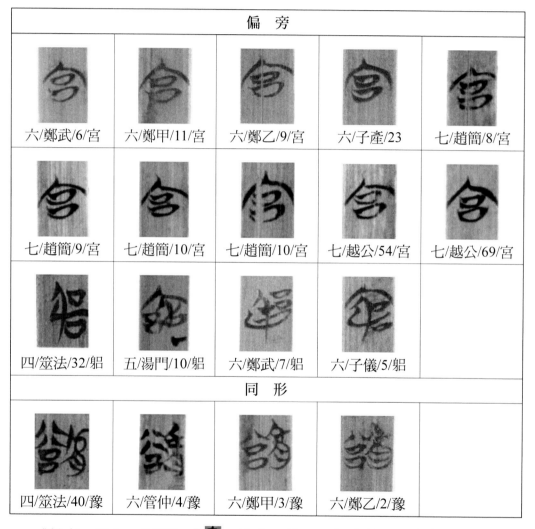（《懷藏》495），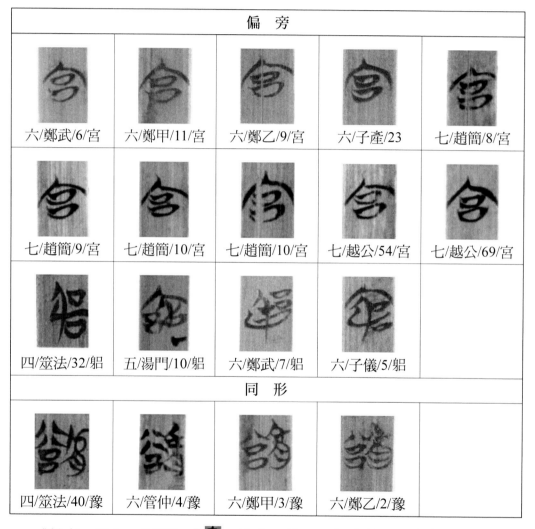（《合集》19677）。金文形體寫作：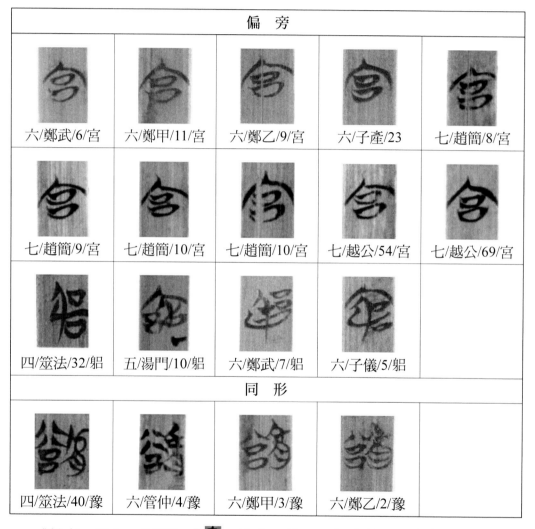（《良季鼎》），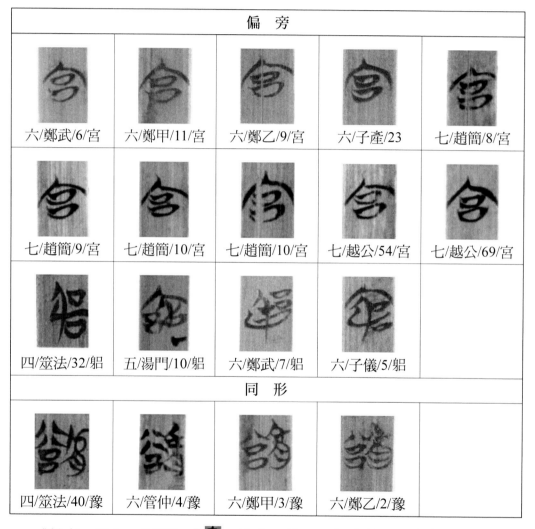（《季良父盉》），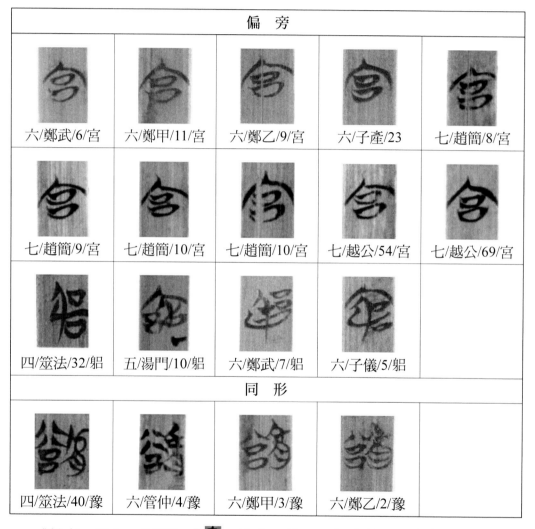（《仲滋鼎》）。徐中舒：「象穴居由兩個洞口出入之形。以後發展為郎、廊，即走廊之廊。」〔註431〕

406　呂（宮）

偏　旁				
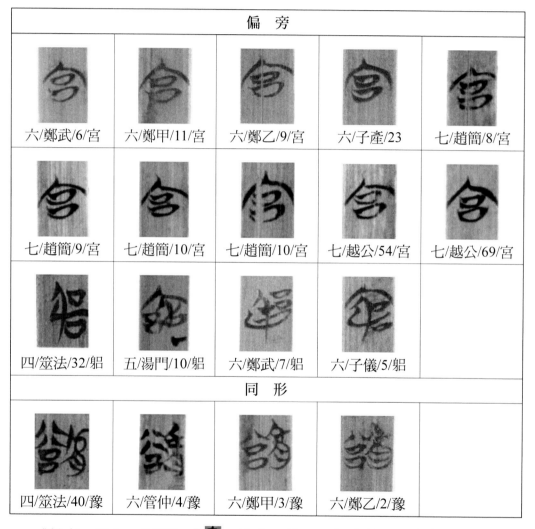	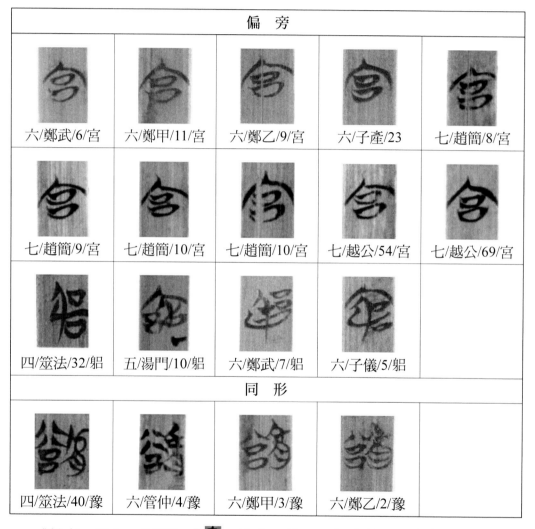	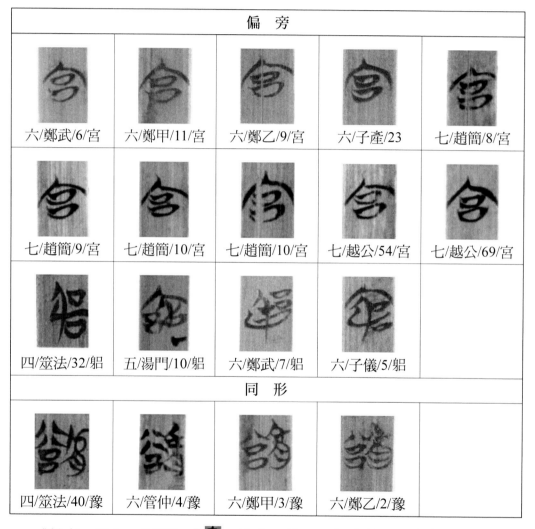	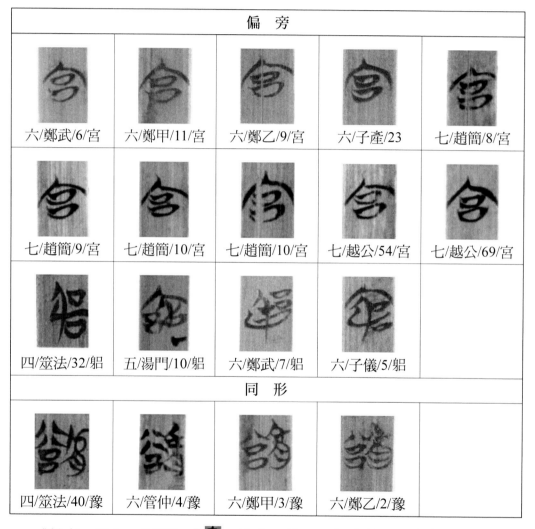	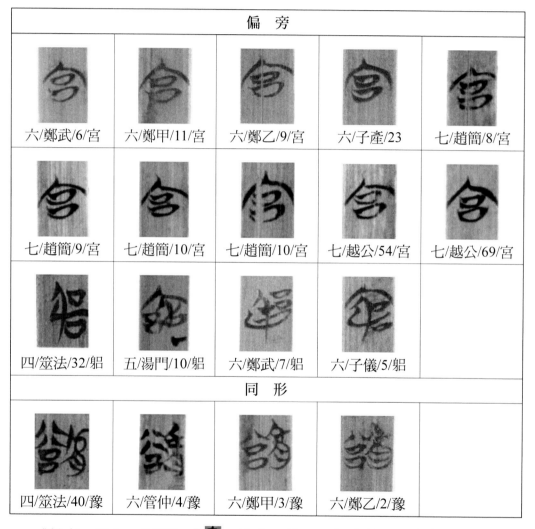
六/鄭武/6/宮	六/鄭甲/11/宮	六/鄭乙/9/宮	六/子產/23	七/趙簡/8/宮
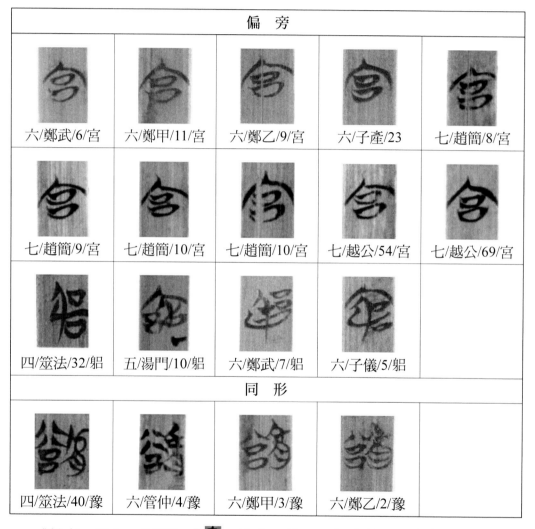	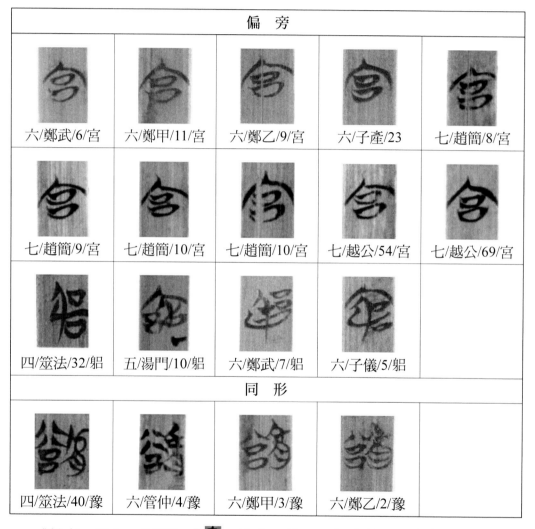	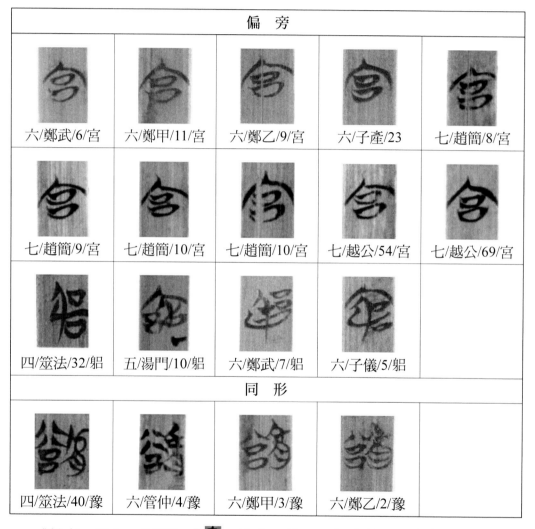	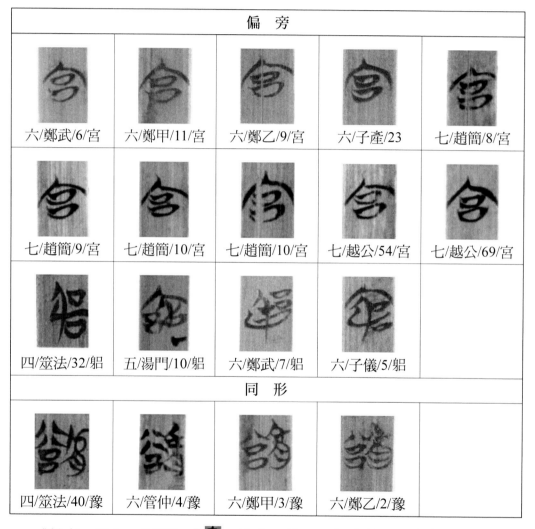	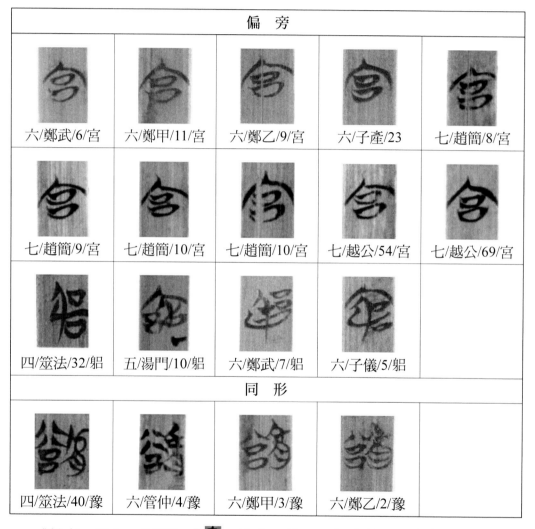
七/趙簡/9/宮	七/趙簡/10/宮	七/趙簡/10/宮	七/越公/54/宮	七/越公/69/宮
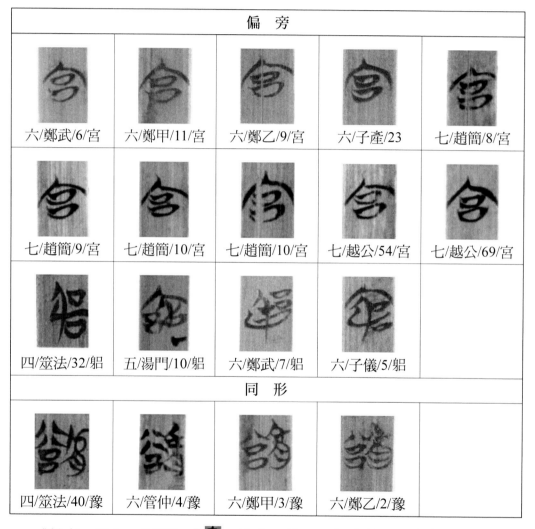	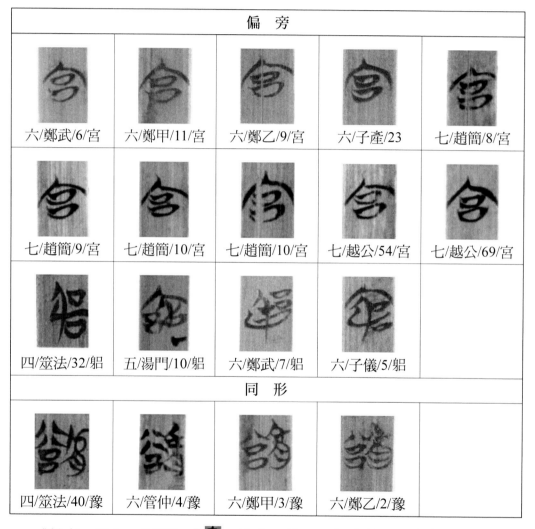	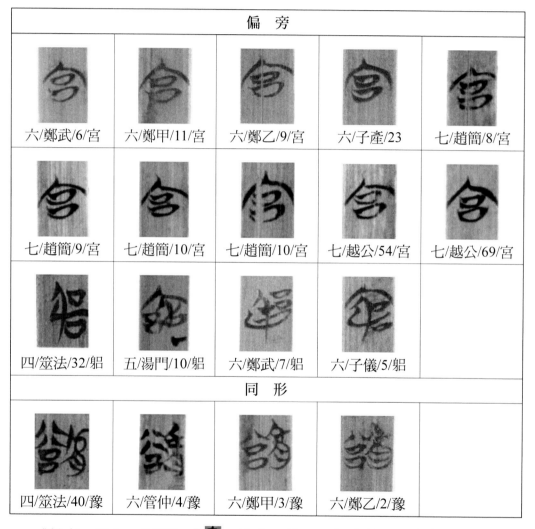	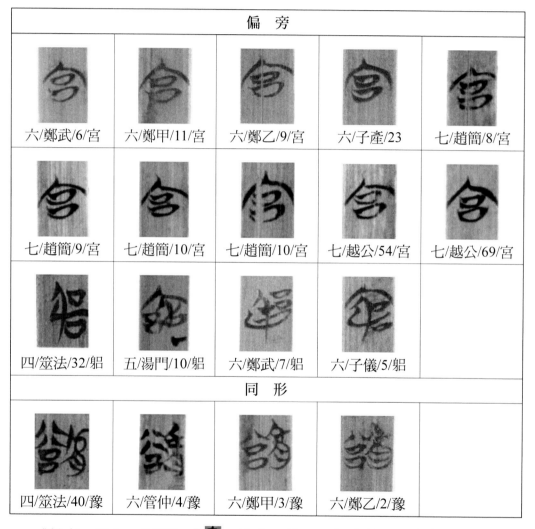	
四/筮法/32/躬	五/湯門/10/躬	六/鄭武/7/躬	六/子儀/5/躬	
同　形				
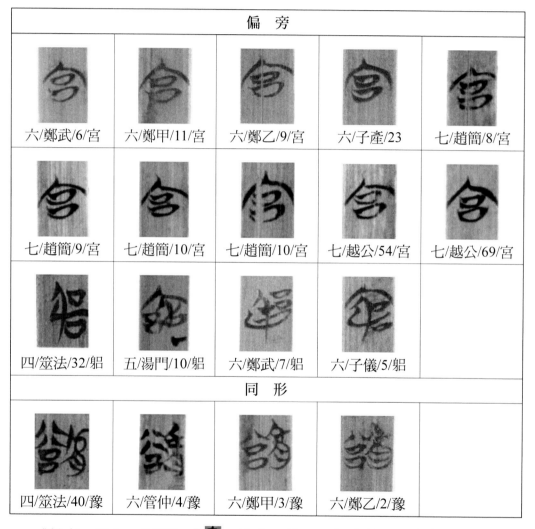	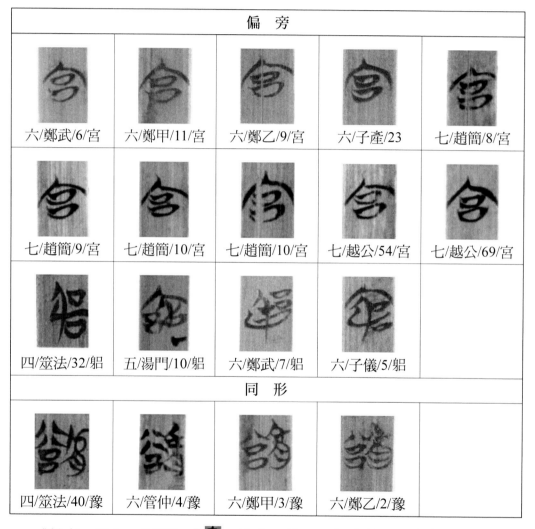	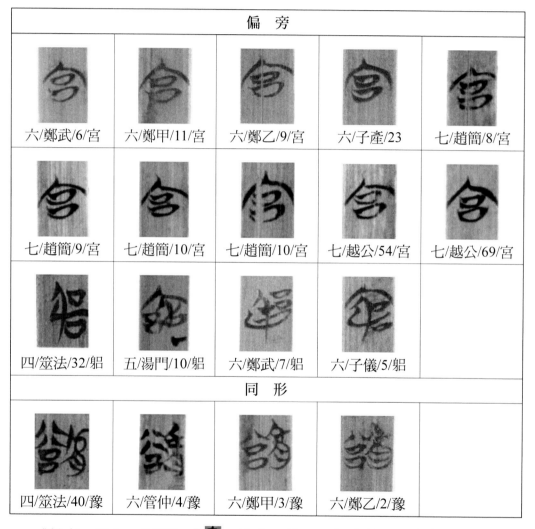	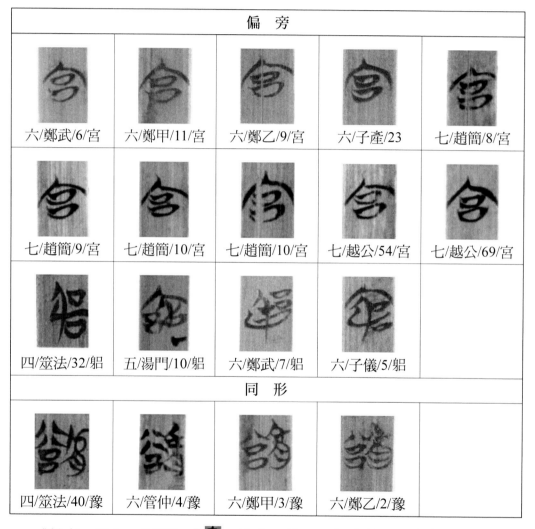	
四/筮法/40/豫	六/管仲/4/豫	六/鄭甲/3/豫	六/鄭乙/2/豫	

《說文・卷七・宮部》：「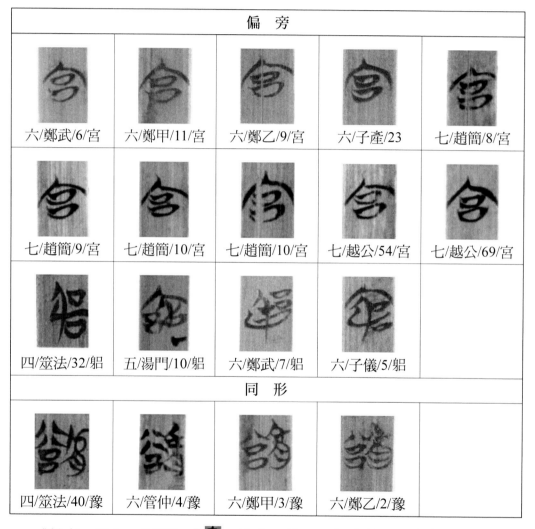，室也。从宀，躬省聲。凡宮之屬皆从宮。」甲骨文形體寫作：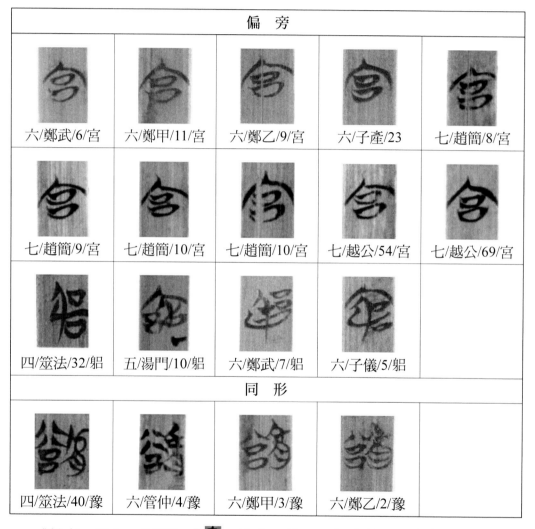（《合集》4290），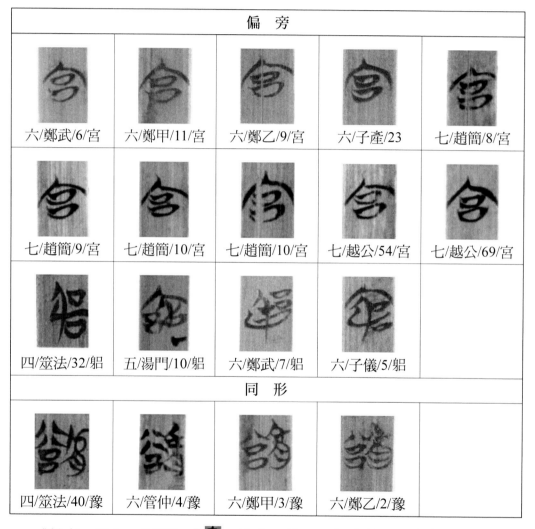（《合集》36542），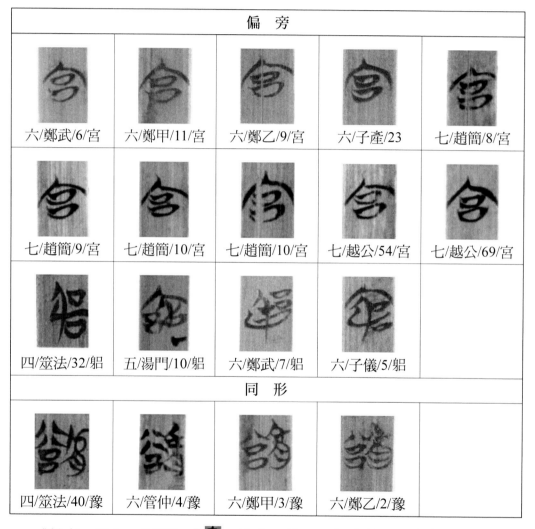（《合集》12759）。金文形體寫作：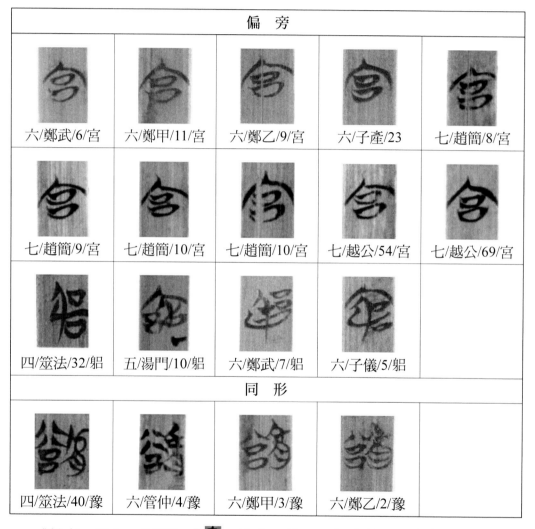（《善鼎》），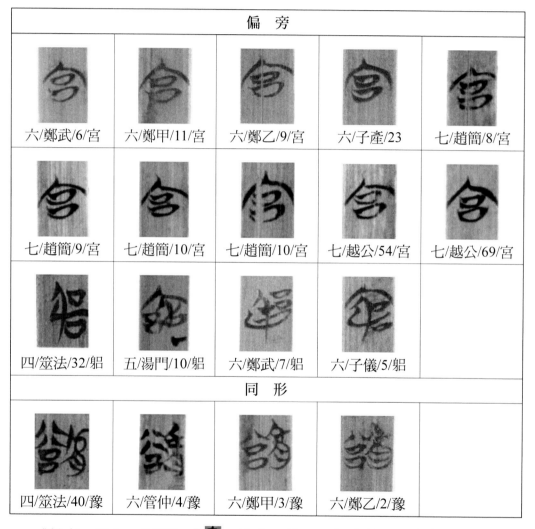（《克鍾》），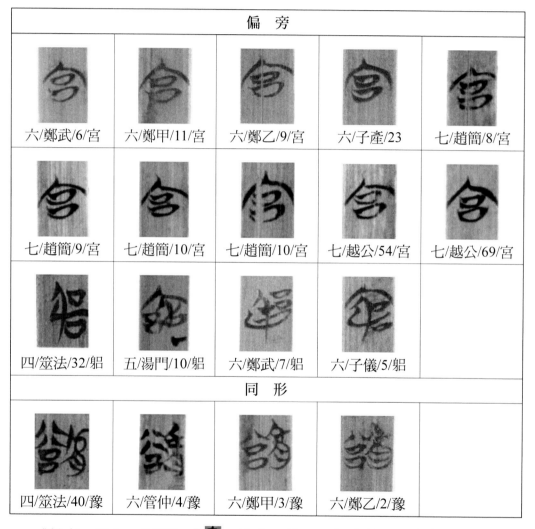（《執尊》）。「呂」或許為「宮」字初文，也可能是「墉」字初文。楚簡中和「呂」、「予」混同。

〔註431〕徐中舒：〈怎樣研究中國古代文字〉《古文字研究（第15輯）》，頁4。

407　亞

單　字				
四/筮法/10/亞	四/筮法/13/亞	四/筮法/34/亞	五/湯門/6/亞	五/湯門/12/亞
五/湯門/12/亞	五/湯門/12/亞	五/湯門/13/亞	五/湯門/13/亞	五/湯門/14/亞
五/湯門/15/亞	五/湯門/16/亞	五/湯門/17/亞	五/湯門/17/亞	五/三壽/2/亞
五/三壽/4/亞	五/三壽/5/亞	五/三壽/6/亞	五/三壽/7/亞	五/三壽/8/亞
五/三壽/20/亞	六/子產/26/亞			
偏　旁				
六/鄭武/2/晉	六/子產/5/惡	七/越公/16/晉	七/越公/19/晉	七/越公/23/晉
七/越公/27/晉	七/越公/62/晉			

《說文·卷十四·亞部》：「■，醜也。象人局背之形。賈侍中說：以為次弟也。凡亞之屬皆从亞。」甲骨文形體寫作：✛（《合集》32272），✛（《合集》31983），✛（《合集》564）。金文形體寫作：■（《亞鼎》），■（《作父乙鼎》），■（《臣諫簋》）。季師釋形作：「象形字，象王室墓道，可能是明堂宗廟的象徵性建築。」〔註432〕

408 戶

單　字				
四/筮法/49/戶				

偏　旁				
四/筮法/32/門	四/筮法/44/門	五/湯門/1/門	六/鄭武/6/門	七/越公/21/門
五/湯丘/5/關	五/湯丘/11/關	六/鄭甲/7/關	六/鄭乙/6/關	七/趙簡/9/閒
七/晉文/4/關	七/晉文/4/閒	七/越公/34/閒	七/越公/43/閒	五/厚父/2/啓
五/厚父/2/啓	五/厚父/10/啓	六/鄭甲/8/啓	六/鄭乙/7/啓	七/晉文/7/啓

〔註432〕季師旭昇：《說文新證》，頁950。

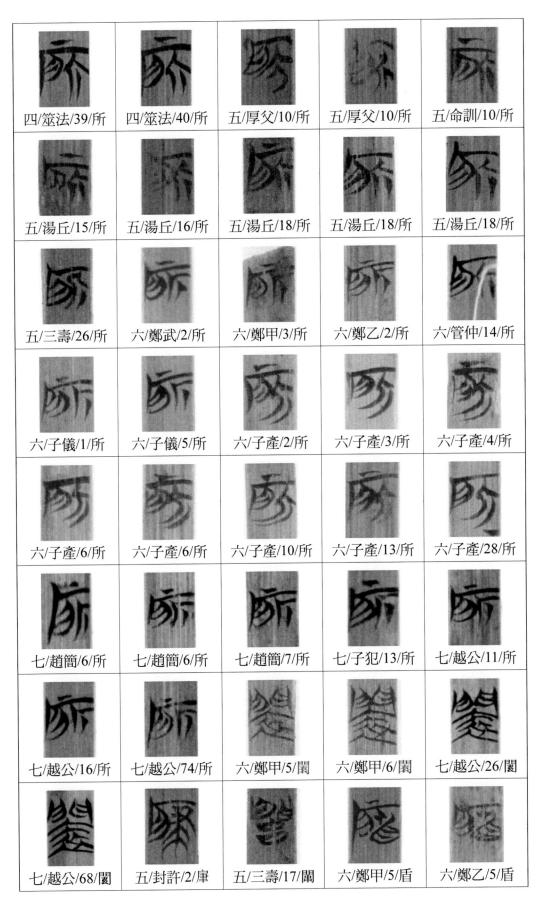

四/筮法/39/所	四/筮法/40/所	五/厚父/10/所	五/厚父/10/所	五/命訓/10/所
五/湯丘/15/所	五/湯丘/16/所	五/湯丘/18/所	五/湯丘/18/所	五/湯丘/18/所
五/三壽/26/所	六/鄭武/2/所	六/鄭甲/3/所	六/鄭乙/2/所	六/管仲/14/所
六/子儀/1/所	六/子儀/5/所	六/子產/2/所	六/子產/3/所	六/子產/4/所
六/子產/6/所	六/子產/6/所	六/子產/10/所	六/子產/13/所	六/子產/28/所
七/趙簡/6/所	七/趙簡/6/所	七/趙簡/7/所	七/子犯/13/所	七/越公/11/所
七/越公/16/所	七/越公/74/所	六/鄭甲/5/闖	六/鄭甲/6/闖	七/越公/26/闖
七/越公/68/闖	五/封許/2/庫	五/三壽/17/闖	六/鄭甲/5/盾	六/鄭乙/5/盾

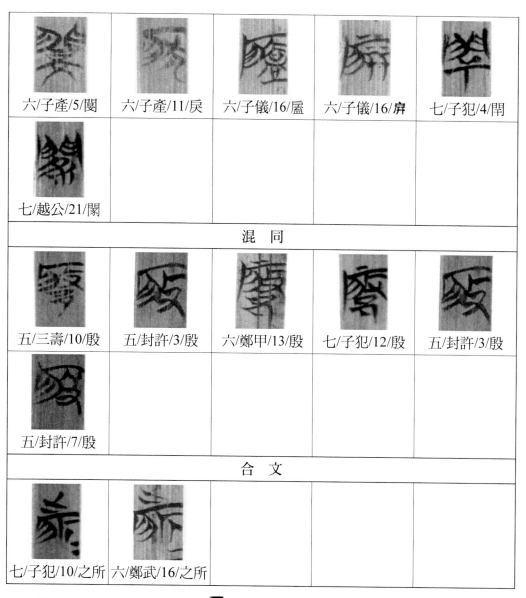

六/子產/5/闚	六/子產/11/戾	六/子儀/16/盧	六/子儀/16/扉	七/子犯/4/閒
七/越公/21/闋				
混 同				
五/三壽/10/殷	五/封許/3/殷	六/鄭甲/13/殷	七/子犯/12/殷	五/封許/3/殷
五/封許/7/殷				
合 文				
七/子犯/10/之所	六/鄭武/16/之所			

《說文·卷十二·戶部》:「█,護也。半門曰戶。象形。凡戶之屬皆从戶。█古文戶从木。」甲骨文形體寫作:█(《合集》31230),█(《合補》2410)。金文「門」字形體從「戶」,寫作:█(《智鼎》),█(《頌鼎》)。「戶」字為象形字,象單扇門。

409 倉

單 字			
五/封許/5/倉	五/三壽/20/倉		

偏　旁				
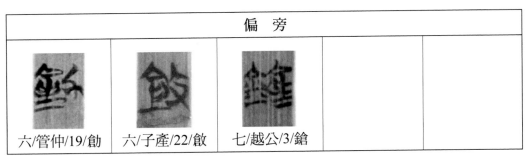				
六/管仲/19/劒	六/子產/22/斂	七/越公/3/鎗		

《說文・卷五・倉部》：「▨，穀藏也。倉黃取而藏之，故謂之倉。从食省，口象倉形。凡倉之屬皆从倉。▨，奇字倉。」甲骨文形體寫作：▨（《屯南》3731），▨（《合集》18664）。金文形體寫作：▨（《訣鐘》）。「倉」字為會意字，從合、從戶，會倉廩之意。〔註433〕

410　尚

單　字				
五/命訓/1/尚	五/命訓/7/尚	五/命訓/7/尚	五/命訓/7/尚	五/命訓/15/尚
五/封許/8/尚	五/封許/8/尚	六/鄭武/16/尚	六/子儀/7/尚	六/子儀/17/尚
六/子儀/19/尚	六/管仲/5/尚	六/管仲/5/尚	六/管仲/5/尚	七/趙簡/10/尚
七/子犯/10/尚	七/子犯/10/尚	七/越公/21/尚	七/越公/27/尚	

〔註433〕季師旭昇：《說文新證》，頁443。

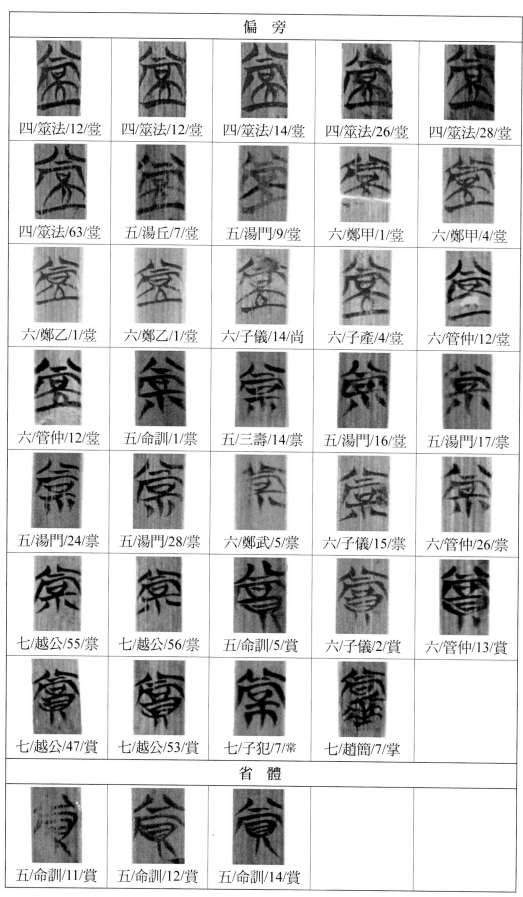

偏 旁				
四/筮法/12/堂	四/筮法/12/堂	四/筮法/14/堂	四/筮法/26/堂	四/筮法/28/堂
四/筮法/63/堂	五/湯丘/7/堂	五/湯門/9/堂	六/鄭甲/1/堂	六/鄭甲/4/堂
六/鄭乙/1/堂	六/鄭乙/1/堂	六/子儀/14/尚	六/子產/4/堂	六/管仲/12/堂
六/管仲/12/堂	五/命訓/1/棠	五/三壽/14/棠	五/湯門/16/堂	五/湯門/17/棠
五/湯門/24/棠	五/湯門/28/棠	六/鄭武/5/棠	六/子儀/15/棠	六/管仲/26/棠
七/越公/55/棠	七/越公/56/棠	五/命訓/5/賞	六/子儀/2/賞	六/管仲/13/賞
七/越公/47/賞	七/越公/53/賞	七/子犯/7/常	七/趙簡/7/掌	
省 體				
五/命訓/11/賞	五/命訓/12/賞	五/命訓/14/賞		

　　《說文・卷二・八部》:「,曾也。庶幾也。从八向聲。」甲骨文形體寫作:(H11:2)(《燕》134)金文形體寫作:(《尚方鼎》),(《智鼎》)。陳劍謂:「象高堂之上有建築之形,唐蘭先生早年曾釋『冂』為『堂』之初文,甚確。『冂』象高出地面之形,與象坎之行的『凵』字可對比⋯⋯上增『八』形為飾筆。所謂『八』形實由兩小筆演變而來,這類『冂』加兩飾筆之形的寫法再增從繁飾『口』旁,即成『堂』和『裳』所從的聖父『尚』字。」[註434]

411 㐭

偏　旁				
四/別卦/1/啚	四/筮法/5/謹	七/越公/55/歠	七/越公/58/歠	
訛　形				
七/晉文/3/嗇				

　　《說文・卷五・㐭部》:「,穀所振入。宗廟粢盛,倉黃㐭而取之,故謂之㐭。从入,回象屋形,中有戶牖。凡㐭之屬皆从㐭。(廩)㐭或从广从禾。」甲骨文形體寫作:(《合集》584反甲),(《合集》583反),(《合集》33236)。金文形體寫作:(《康侯啚簋》),(《楚簋》)。「㐭」字為象形字,象倉廩之形。[註435]甲骨文的「啚」字與「嗇」均從「㐭」。「啚」字上部從口,表示倉廩所在之處,即邊鄙之處。「嗇」字上部從「禾」或「來」,寫作:(《佚》772),(《燕》2)。

〔註434〕陳劍:〈金文字詞零釋(四則)〉,復旦網:http://www.gwz.fudan.edu.cn/SrcShow.asp?Src_ID=335,2008 年 1 月 29 日。

〔註435〕李師旭昇:《說文新證》,頁 462。

四十八、天干類

412 甲

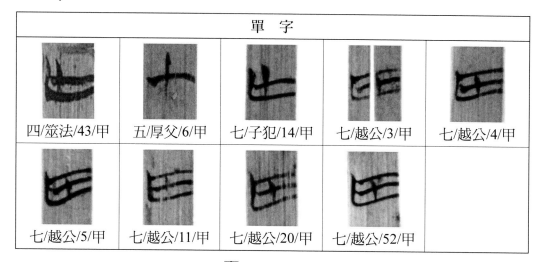

單　字				
四/筮法/43/甲	五/厚父/6/甲	七/子犯/14/甲	七/越公/3/甲	七/越公/4/甲
七/越公/5/甲	七/越公/11/甲	七/越公/20/甲	七/越公/52/甲	

　　《說文・卷十四・甲部》：「甲，東方之孟，陽气萌動，从木戴孚甲之象。一曰人頭宜為甲，甲象人頭。凡甲之屬皆从甲。甲，古文甲，始於十、見於千、成於木之象。」甲骨文形體寫作：十（《合集》10405），十（《合集》32348）。金文形體寫作：十（《員方鼎》），田（《兮甲盤》）。林義光謂「皮開裂也。十象其裂文。《易》：『百果草木皆甲宅』，鄭注：『皮曰甲，根曰宅。』《史記・曆書》：『甲者，言萬物剖符甲而出也。』」〔註436〕

413 乙

單　字				
四/筮法 44/乙				

　　《說文・卷十四・乙部》：「乙，象春艸木冤曲而出，陰气尚彊，其出乙乙也。與丨同意。乙承甲，象人頸。凡乙之屬皆从乙。」甲骨文形體寫作：乁（《合集》19851），∫（《合集》22130）。金文形體寫作：乁（《般作父乙方鼎》），乁（《旂鼎》），乁（《彔鼎》）。「乙」字的古文字形體較為特殊，疑為象形字，象

〔註436〕林義光：《文源》，頁140。

小溪流的形體。〔註437〕

414　丙

偏　旁				
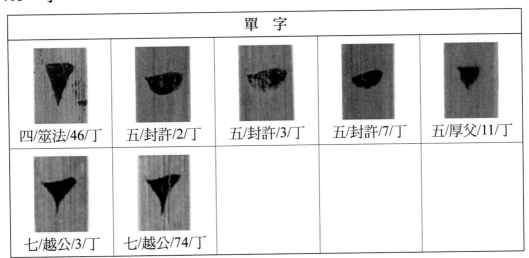				
四/筮法/2/瘋	四/筮法/45/囥	六/鄭武/1/兩	六/子儀/11/兩	六/子產/17/惡
六/子儀/1/楢				

　　《說文・卷十四・丙部》:「{丙}，位南方，萬物成，炳然。陰气初起，陽气將虧。从一入冂。一者，陽也。丙承乙，象人肩。凡丙之屬皆从丙。」甲骨文形體寫作:{丙}（《合集》21960），{丙}（《花東》37），{丙}（《合集》11459）。金文形體寫作:{丙}（《龜父丙鼎》），{丙}（《足作父丙鼎》），{丙}（《作父丙殘鼎》）。「丙」字可能是象形字，象器物底座之形。

415　丁

單　字				
四/筮法/46/丁	五/封許/2/丁	五/封許/3/丁	五/封許/7/丁	五/厚父/11/丁
七/越公/3/丁	七/越公/74/丁			

　　《說文・卷十四・丁部》:「夏時萬物皆丁實。象形。丁承丙，象人心。凡丁之屬皆从丁。」甲骨文形體寫作:{丁}（《合集》43），{丁}（《合集》20441），

□（《合集》32803）， □（《合集》27321）。金文的形體寫作： ◐（《我方鼎》）， ▣（《且丁旅甗》）。季師謂：「以『正』字甲骨文多從『口』金文多從『丁』來看，丁、口實為一字，皆城圍之象。」〔註438〕

416 戊

單 字				
四/筮法/47/戊	四/筮法/47/戊			

《說文·卷十四·戊部》：「▨，中宮也。象六甲五龍相拘絞也。戊承丁，象人脅。凡戊之屬皆从戊。」甲骨文形體寫作：戌（《合集》6177正），戌（《合集》37544），戌（《合補》8421）。金文形體寫作：戌（《作父戊簋》），戌（《父戊尊》），戌（《同卣》）。李孝定釋形謂：「象兵器之形。其形制當與戉戚之屬大同而小異。」〔註439〕季師謂：「象斧鉞類兵器，但是刃部的弧形內凹，如月芽。」〔註440〕

417 巳

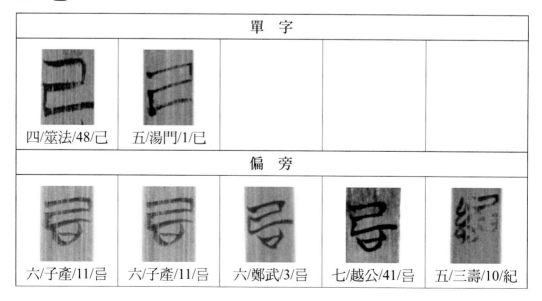

單 字				
四/筮法/48/巳	五/湯門/1/巳			
偏 旁				
六/子產/11/弖	六/子產/11/弖	六/鄭武/3/弖	七/越公/41/弖	五/三壽/10/紀

〔註438〕季師旭昇：《說文新證》，頁962。

〔註439〕李孝定：《甲骨文字集釋》，頁4255。

〔註440〕季師旭昇：《說文新證》，頁963。

六/管仲/10/紀	六/管仲/12/紀	六/管仲/22/紀	七/越公/29/紀	五/三壽/10/起
五/湯門/14/起	五/湯門/15/起	五/湯門/15/起	五/湯門/16/起	六/管仲/2/起
六/管仲/15/侣	六/管仲/15/侣	六/管仲/15/侣	六/鄭武/17/起	七/子犯/14/起
七/子犯/14/起				

　　《說文・卷十四・己部》：「，中宮也。象萬物辟藏詘形也。己承戊，象人腹。凡己之屬皆从己。（㠯）古文己。」甲骨文形體寫作：（《合集》22484），（《合集》138）金文形體寫作：（《作父尊》），（《己侯簋》）。己字的造字本義待考，借用為天干名稱。

418　庚

單 字				
四/筮法/49/庚	五/厚父/4/庚	五/厚父/13/庚	六/鄭甲/10/庚	五/鄭甲/13/庚
七/子犯/14/庚				

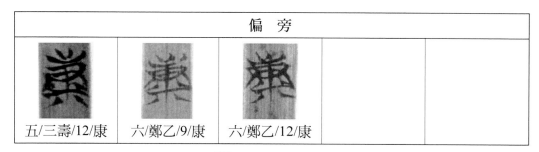

偏　旁				
五/三壽/12/康	六/鄭乙/9/康	六/鄭乙/12/康		

　　《說文・卷十四・庚部》：「 ，位西方，象秋時萬物庚庚有實也。庚承己，象人齎。凡庚之屬皆从庚。」甲骨文形體寫作：（《合集》21515），（《合集》2807），（《合集》31970）。金文形體寫作：（《隻帚父庚卣蓋》），（《史獸鼎》），（《旅鼎》）。郭沫若謂：「庚」當為有耳可搖之樂器，以聲類求之，當即是「鉦」。李孝定《甲骨文字集釋》：「其形制當後世之貨郎鼓。執其柄以作聲者，上為裝飾。」〔註441〕其字當為象形字，假借為天干名。

419　辛

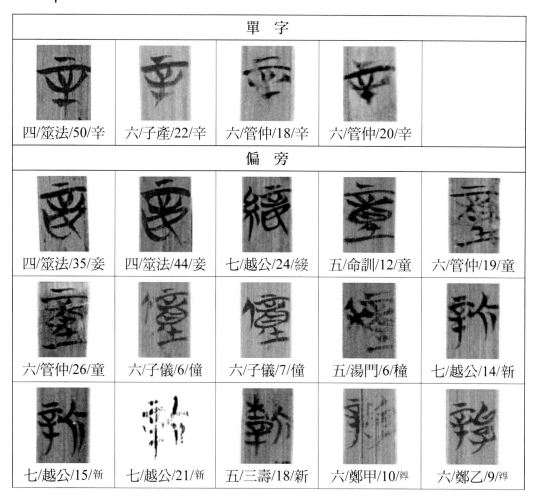

單　字				
四/筮法/50/辛	六/子產/22/辛	六/管仲/18/辛	六/管仲/20/辛	
偏　旁				
四/筮法/35/妾	四/筮法/44/妾	七/越公/24/綏	五/命訓/12/童	六/管仲/19/童
六/管仲/26/童	六/子儀/6/僮	六/子儀/7/僮	五/湯門/6/穜	七/越公/14/新
七/越公/15/新	七/越公/21/新	五/三壽/18/新	六/鄭甲/10/䢃	六/鄭乙/9/䢃

〔註441〕李孝定：《甲骨文字集釋》，頁4271。

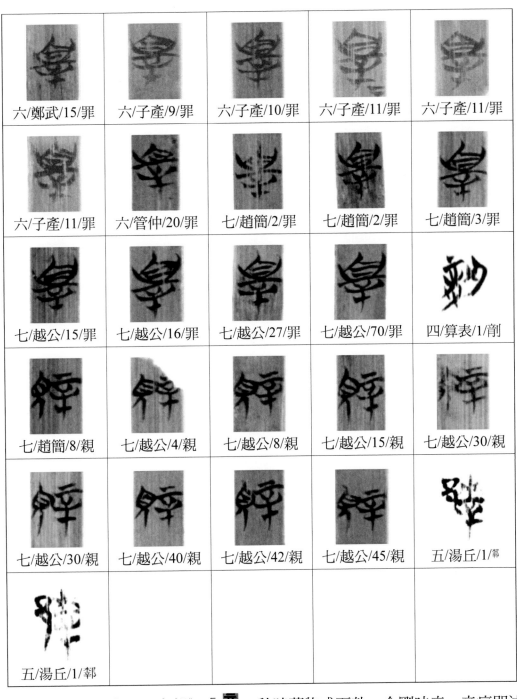

六/鄭武/15/罪	六/子產/9/罪	六/子產/10/罪	六/子產/11/罪	六/子產/11/罪
六/子產/11/罪	六/管仲/20/罪	七/趙簡/2/罪	七/趙簡/2/罪	七/趙簡/3/罪
七/越公/15/罪	七/越公/16/罪	七/越公/27/罪	七/越公/70/罪	四/算表/1/削
七/趙簡/8/親	七/越公/4/親	七/越公/8/親	七/越公/15/親	七/越公/30/親
七/越公/30/親	七/越公/40/親	七/越公/42/親	七/越公/45/親	五/湯丘/1/䢃
五/湯丘/1/䢃				

　　《說文・卷十四・辛部》：「￼，秋時萬物成而孰，金剛味辛，辛痛即泣出。從一、䇂。䇂，辠也。辛承庚，象人股。凡辛之屬皆從辛。」甲骨文形體寫作￼（《合集》21021），￼（《合集》12973），￼（《合集》26265）。金文形體寫作：￼（《父辛鼎》），￼（《姬作乎姑日辛鼎》），￼（《舍父鼎》），￼（《北伯邑辛鼎》）。詹鄞鑫：「辛」字當為象形字，象形青銅鑿之形。〔註442〕

〔註442〕詹鄞鑫：〈釋辛及與辛有關的幾個字〉《中國語文》1983 年 5 期，頁 369～370。

420 壬

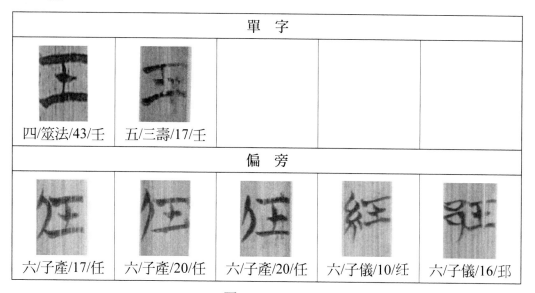

單 字				
四/筮法/43/壬	五/三壽/17/壬			
偏 旁				
六/子產/17/任	六/子產/20/任	六/子產/20/任	六/子儀/10/纴	六/子儀/16/邥

《說文‧卷十四‧壬部》：「壬，位北方也。陰極陽生，故《易》曰：『龍戰於野。』戰者，接也。象人裹妊之形。承亥壬以子，生之敘也。與巫同意。壬承辛，象人脛。脛，任體也。凡壬之屬皆从壬。」甲骨文字形寫作：𝚰（《合集》20831），𝚰（《合集》30484），𝚾（西周 2 號卜甲）。金文形體寫作：𝚰（《小臣宅簋》），𝚰（《伯仲父簋》）。古文字中的干支均為假借，而「壬」字的本字學者多有討論，難成定說。季師以為：卜辭壬假工為之，或然也。〔註443〕

421 癸

單 字			
四/筮法/44/癸			
偏 旁			
四/別卦/7/愍	四/筮法/55/𧫎	五/三壽/28/楑	

〔註443〕季師旭昇：《說文新證》，頁 969。

《說文・卷十四・癸部》：「，冬時，水土平，可揆度也。象水從四方流入地中之形。癸承壬，象人足。凡癸之屬皆从癸。，籀文从癶从矢。」甲骨文形體寫作：（《合集》914正），（《合集》36499）。金文形體寫作：（《癸母鼎》），（《父癸尊》），（《仲父辛簋》），（《鯀公子簋》）。葉玉森謂象葵之本字，象四葉對生之形。〔註444〕吳其昌謂象雙矢交揆之形。〔註445〕各家說法均無確證，本義待考。

〔註444〕葉玉森：《殷墟書契前編集釋（卷一）》，頁1。
〔註445〕于省吾主編：《甲骨文字詁林》，頁3686。

四十九、數字類

422 一

單 字				
四/算表/3/一	四/算表/3/一	四/算表/5/一	四/算表/5/一	四/算表/9/一
四/算表/12/一	四/算表/14/一	四/算表/18/一	四/算表/18/一	四/算表/19/一
四/算表/20/一	四/算表/20/一	四/算表/21/一	四/算表/21/一	四/筮法/48/一
四/筮法/48/一	四/筮法/54/一	五/封許/5/一	五/命訓/14/一	六/子儀/18/一
七/子犯/9/一				
偏 旁				
四/算表/1/弍	四/筮法/4/弍	四/筮法/19/弍	四/筮法/20/弍	四/筮法/28/弍

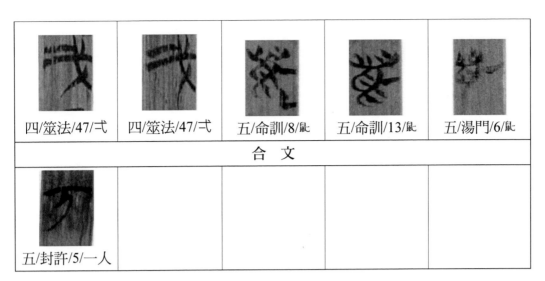

四/筮法/47/弌	四/筮法/47/弌	五/命訓/8/鼠	五/命訓/13/鼠	五/湯門/6/鼠
合　文				
五/封許/5/一人				

《說文・卷一・一部》：「一，惟初泰始，道立於一，造分天地，化成萬物。凡一之屬皆从一。弌，古文一。」甲骨文形體寫作：一（《合集》5289）。金文形體寫作：▇（《旅鼎》）。「一」是指示字，以抽象的一橫畫表示一的概念。〔註446〕

423　二

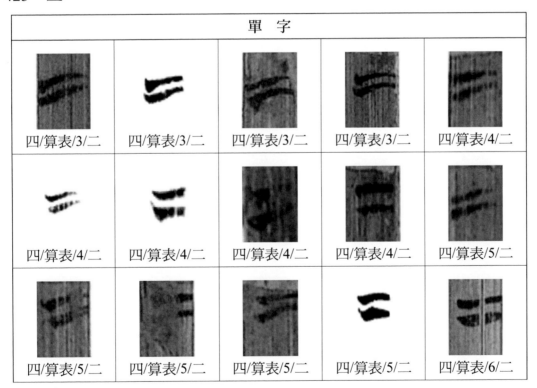

單　字				
四/算表/3/二	四/算表/3/二	四/算表/3/二	四/算表/3/二	四/算表/4/二
四/算表/4/二	四/算表/4/二	四/算表/4/二	四/算表/4/二	四/算表/5/二
四/算表/5/二	四/算表/5/二	四/算表/5/二	四/算表/5/二	四/算表/6/二

〔註446〕季師旭昇：《說文新證》，頁39。

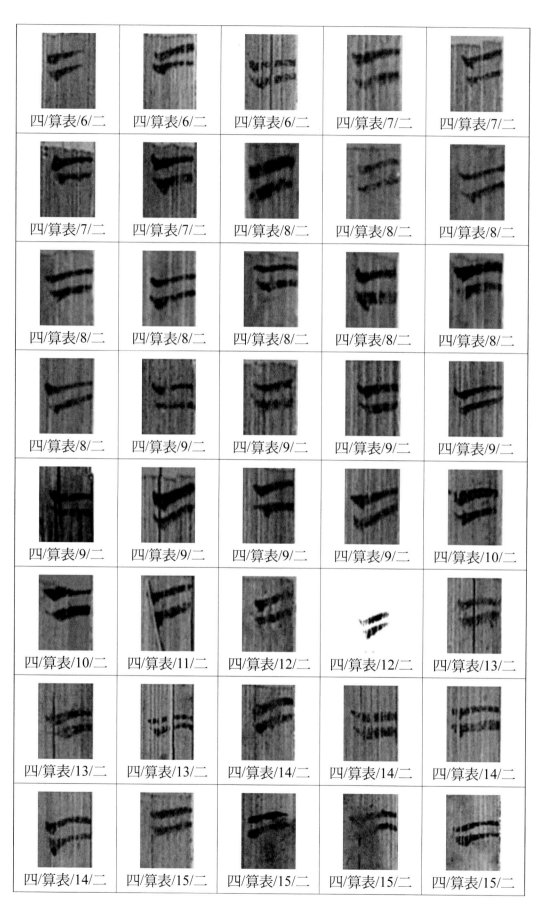

四/算表/6/二	四/算表/6/二	四/算表/6/二	四/算表/7/二	四/算表/7/二
四/算表/7/二	四/算表/7/二	四/算表/8/二	四/算表/8/二	四/算表/8/二
四/算表/8/二	四/算表/8/二	四/算表/8/二	四/算表/8/二	四/算表/8/二
四/算表/8/二	四/算表/9/二	四/算表/9/二	四/算表/9/二	四/算表/9/二
四/算表/9/二	四/算表/9/二	四/算表/9/二	四/算表/9/二	四/算表/10/二
四/算表/10/二	四/算表/11/二	四/算表/12/二	四/算表/12/二	四/算表/13/二
四/算表/13/二	四/算表/13/二	四/算表/14/二	四/算表/14/二	四/算表/14/二
四/算表/14/二	四/算表/15/二	四/算表/15/二	四/算表/15/二	四/算表/15/二

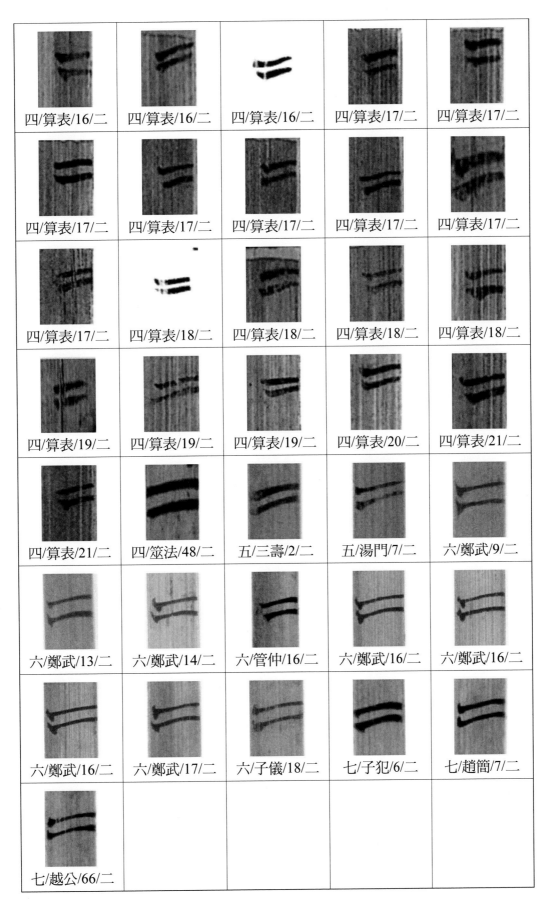

四/算表/16/二	四/算表/16/二	四/算表/16/二	四/算表/17/二	四/算表/17/二
四/算表/17/二	四/算表/17/二	四/算表/17/二	四/算表/17/二	四/算表/17/二
四/算表/17/二	四/算表/18/二	四/算表/18/二	四/算表/18/二	四/算表/18/二
四/算表/19/二	四/算表/19/二	四/算表/19/二	四/算表/20/二	四/算表/21/二
四/算表/21/二	四/筮法/48/二	五/三壽/2/二	五/湯門/7/二	六/鄭武/9/二
六/鄭武/13/二	六/鄭武/14/二	六/管仲/16/二	六/鄭武/16/二	六/鄭武/16/二
六/鄭武/16/二	六/鄭武/17/二	六/子儀/18/二	七/子犯/6/二	七/趙簡/7/二
七/越公/66/二				

偏　旁

四/筮法/6/寺	四/筮法/8/寺	四/筮法/20/弎	四/算表/1/二	七/子犯/4/二
七/晉文/2/二	七/晉文/2/二	七/越公/16/二	七/越公/19/二	

省　體

四/筮法/10/瘖	四/筮法/11/瘖	四/筮法/62/瘖	四/筮法/30/為	四/筮法/46/為
四/筮法/52/為	四/筮法/52/為	四/筮法/52/為	四/筮法/52/為	四/筮法/53/為
四/筮法/53/為	四/筮法/53/為	四/筮法/53/為	四/筮法/54/為	四/筮法/54/為
四/筮法/54/為	四/筮法/54/為	四/筮法/54/為	四/筮法/54/為	四/筮法/54/為
四/筮法/55/為	四/筮法/55/為	四/筮法/56/為	四/筮法/56/為	四/筮法/56/為

四/筮法/56/為	四/筮法/56/為	四/筮法/57/為	四/筮法/57/為	四/筮法/57/為
四/筮法/57/為	四/筮法/57/為	四/筮法/58/為	四/筮法/58/為	四/筮法/58/為
四/筮法/58/為	四/筮法/58/為	四/筮法/59/為	四/筮法/59/為	四/筮法/59/為
四/筮法/59/為	五/湯丘/1/為	五/湯丘/8/為	五/湯丘/9/為	五/湯丘/9/為
五/湯丘/16/為	五/湯丘/17/為	五/湯丘/17/為	五/湯丘/17/為	六/鄭武/2/為
六/鄭武/10/為	六/鄭武/14/為	六/鄭武/15/為	六/鄭武/17/為	六/管仲/10/為
六/管仲/13/為	六/管仲/16/為	六/管仲/16/為	六/管仲/17/為	六/管仲/18/為
六/管仲/20/為	六/管仲/22/為	六/管仲/23/為	六/管仲/27/為	六/管仲/27/為

六/管仲/28/為	六/管仲/29/為	六/管仲/30/為	六/管仲/30/為	六/管仲/30/為
六/鄭甲/2/為	六/鄭甲/4/為	六/鄭甲/8/為	六/鄭甲/9/為	六/鄭甲/13/為
六/鄭甲/13/為	六/鄭乙/7/為	六/鄭乙/8/為	六/鄭乙/12/為	六/鄭乙/12/為
六/子產/16/為	六/子產/17/為	六/子產/24/為	六/子產/25/為	六/子產/26/為
六/子儀/4/為	七/子犯/12/為	七/子犯/12/為	七/子犯/12/為	七/晉文/3/為
七/晉文/5/為	七/晉文/5/為	七/晉文/5/為	七/晉文/5/為	七/晉文/6/為
七/晉文/6/為	七/晉文/6/為	七/晉文/6/為	七/晉文/7/為	七/趙簡/2/為
七/越公/5/為	七/越公/17/為	七/越公/20/為	七/越公/24/為	七/越公/38/為

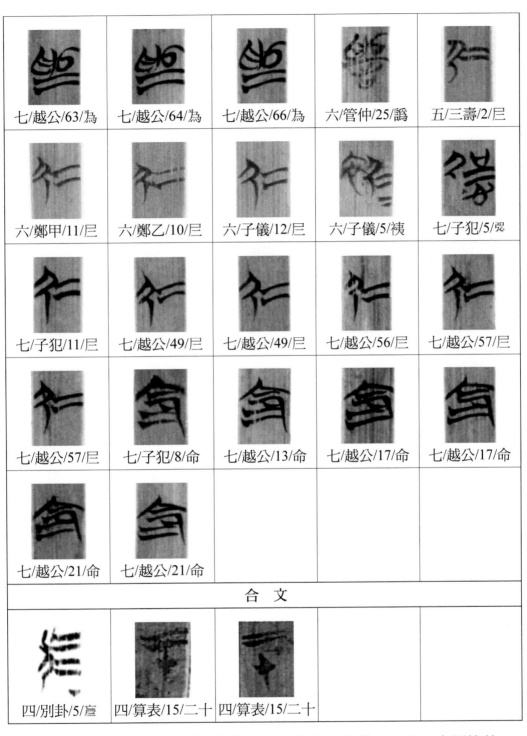

七/越公/63/為	七/越公/64/為	七/越公/66/為	六/管仲/25/譌	五/三壽/2/尼
六/鄭甲/11/尼	六/鄭乙/10/尼	六/子儀/12/尼	六/子儀/5/禱	七/子犯/5/兒
七/子犯/11/尼	七/越公/49/尼	七/越公/49/尼	七/越公/56/尼	七/越公/57/尼
七/越公/57/尼	七/子犯/8/命	七/越公/13/命	七/越公/17/命	七/越公/17/命
七/越公/21/命	七/越公/21/命			
合　文				
四/別卦/5/𡥅	四/算表/15/二十	四/算表/15/二十		

《說文·卷十三·二部》:「二，地之數也。从偶一。凡二之屬皆从二。𠄟，古文。」甲骨文形體寫作: ꓱ（《合集》21079），二（《合集》33593）。金文形體寫作: 二（《我方鼎》），二（《大盂鼎》）。「二」字為會意字,表示數之偶也。〔註447〕

〔註447〕季師旭昇:《說文新證》，頁903。

424　三

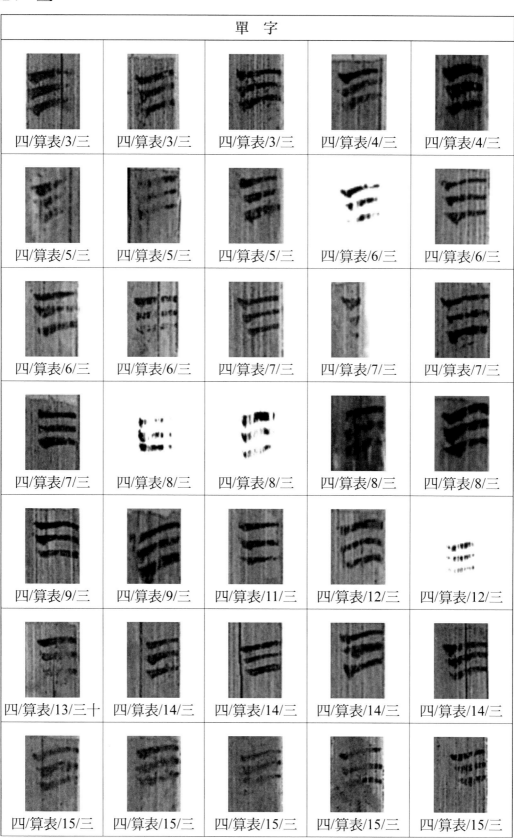

單　字				
四/算表/3/三	四/算表/3/三	四/算表/3/三	四/算表/4/三	四/算表/4/三
四/算表/5/三	四/算表/5/三	四/算表/5/三	四/算表/6/三	四/算表/6/三
四/算表/6/三	四/算表/6/三	四/算表/7/三	四/算表/7/三	四/算表/7/三
四/算表/7/三	四/算表/8/三	四/算表/8/三	四/算表/8/三	四/算表/8/三
四/算表/9/三	四/算表/9/三	四/算表/11/三	四/算表/12/三	四/算表/12/三
四/算表/13/三十	四/算表/14/三	四/算表/14/三	四/算表/14/三	四/算表/14/三
四/算表/15/三	四/算表/15/三	四/算表/15/三	四/算表/15/三	四/算表/15/三

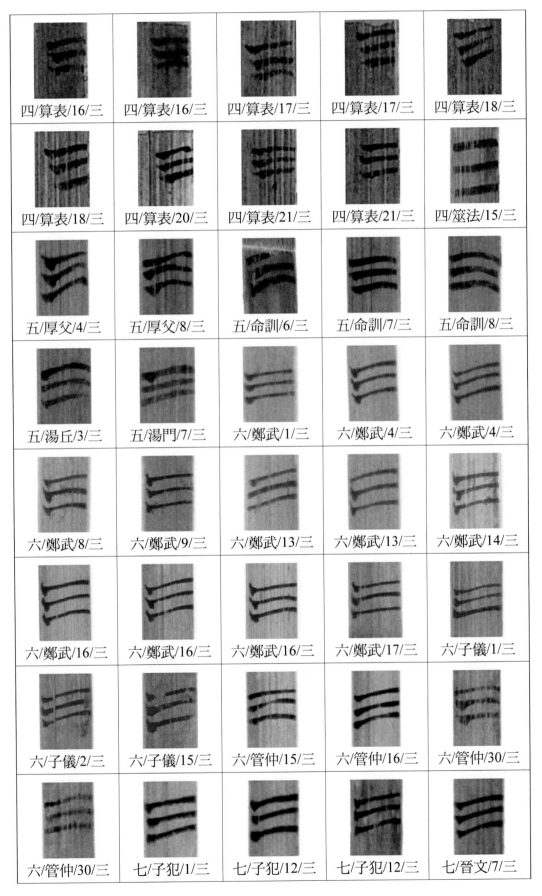

四/算表/16/三	四/算表/16/三	四/算表/17/三	四/算表/17/三	四/算表/18/三
四/算表/18/三	四/算表/20/三	四/算表/21/三	四/算表/21/三	四/筮法/15/三
五/厚父/4/三	五/厚父/8/三	五/命訓/6/三	五/命訓/7/三	五/命訓/8/三
五/湯丘/3/三	五/湯門/7/三	六/鄭武/1/三	六/鄭武/4/三	六/鄭武/4/三
六/鄭武/8/三	六/鄭武/9/三	六/鄭武/13/三	六/鄭武/13/三	六/鄭武/14/三
六/鄭武/16/三	六/鄭武/16/三	六/鄭武/16/三	六/鄭武/17/三	六/子儀/1/三
六/子儀/2/三	六/子儀/15/三	六/管仲/15/三	六/管仲/16/三	六/管仲/30/三
六/管仲/30/三	七/子犯/1/三	七/子犯/12/三	七/子犯/12/三	七/晉文/7/三

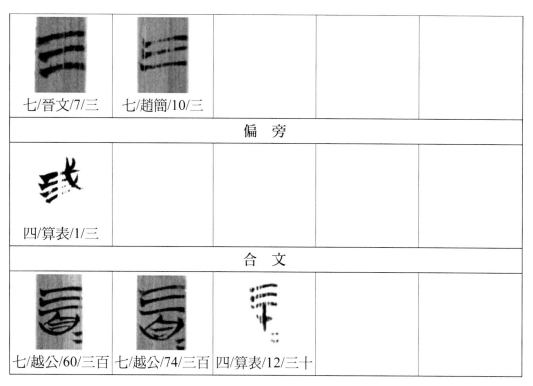

七/晉文/7/三	七/趙簡/10/三			
偏　旁				
四/算表/1/三				
合　文				
七/越公/60/三百	七/越公/74/三百	四/算表/12/三十		

　　《說文‧卷一‧三部》：「三，天地人之道也。从三數。凡三之屬皆从三。弎，古文三从弋。」甲骨文形體寫作：三（《合集》22600），三（《合集》26850）。金文形體寫作：三（《天亡簋》），三（《兮甲盤》）。「三」為指示字，以三筆畫表示數字三。

425　四

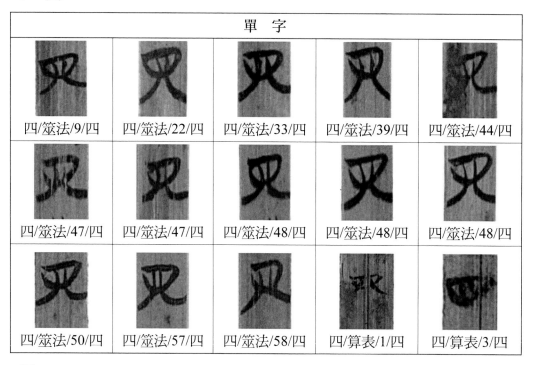

單　字				
四/筮法/9/四	四/筮法/22/四	四/筮法/33/四	四/筮法/39/四	四/筮法/44/四
四/筮法/47/四	四/筮法/47/四	四/筮法/48/四	四/筮法/48/四	四/筮法/48/四
四/筮法/50/四	四/筮法/57/四	四/筮法/58/四	四/算表/1/四	四/算表/3/四

四/算表/3/四	四/算表/3/四	四/算表/3/四	四/算表/4/四	四/算表/4/四
四/算表/4/四	四/算表/4/四	四/算表/4/四	四/算表/4/四	四/算表/4/四
四/算表/5/四	四/算表/5/四	四/算表/5/四	四/算表/5/四	四/算表/5/四
四/算表/5/四	四/算表/6/四	四/算表/6/四	四/算表/6/四	四/算表/6/四
四/算表/6/四	四/算表/6/四	四/算表/6/四	四/算表/7/四	四/算表/7/四
四/算表/7/四	四/算表/7/四	四/算表/8/四	四/算表/8/四	四/算表/8/四
四/算表/9/四	四/算表/9/四	四/算表/10/四	四/算表/10/四	四/算表/10/四
四/算表/10/四	四/算表/11/四	四/算表/12/四	四/算表/12/四	四/算表/12/四

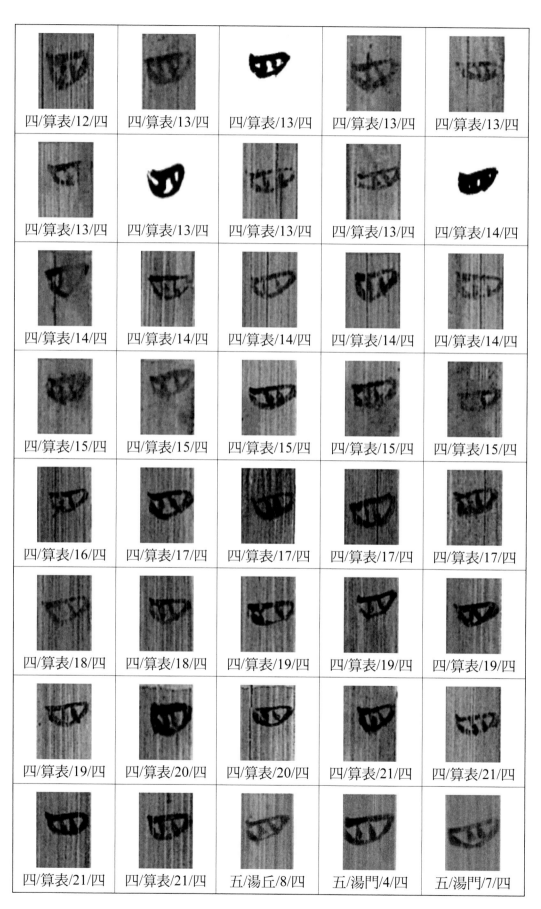

四/算表/12/四	四/算表/13/四	四/算表/13/四	四/算表/13/四	四/算表/13/四
四/算表/13/四	四/算表/13/四	四/算表/13/四	四/算表/13/四	四/算表/14/四
四/算表/14/四	四/算表/14/四	四/算表/14/四	四/算表/14/四	四/算表/14/四
四/算表/15/四	四/算表/15/四	四/算表/15/四	四/算表/15/四	四/算表/15/四
四/算表/16/四	四/算表/17/四	四/算表/17/四	四/算表/17/四	四/算表/17/四
四/算表/18/四	四/算表/18/四	四/算表/19/四	四/算表/19/四	四/算表/19/四
四/算表/19/四	四/算表/20/四	四/算表/20/四	四/算表/21/四	四/算表/21/四
四/算表/21/四	四/算表/21/四	五/湯丘/8/四	五/湯門/4/四	五/湯門/7/四

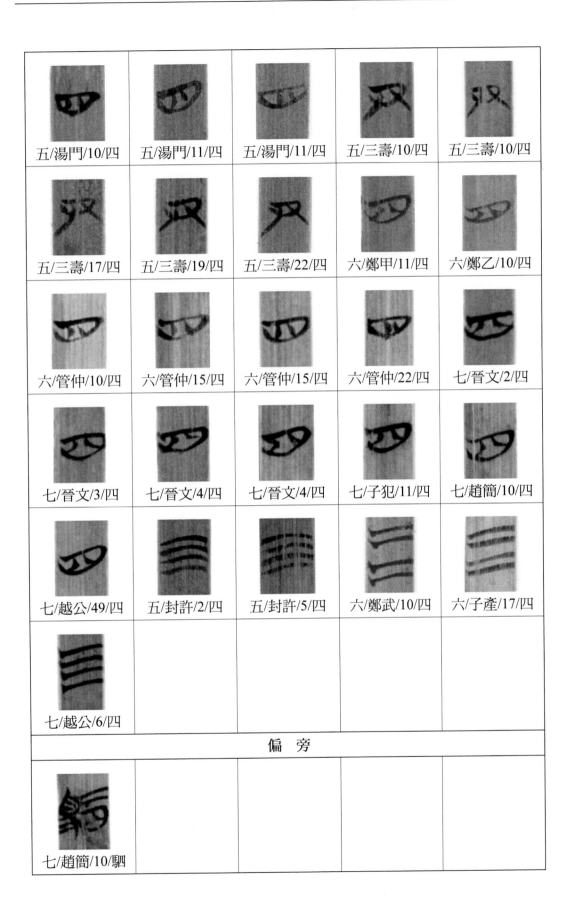

五/湯門/10/四	五/湯門/11/四	五/湯門/11/四	五/三壽/10/四	五/三壽/10/四
五/三壽/17/四	五/三壽/19/四	五/三壽/22/四	六/鄭甲/11/四	六/鄭乙/10/四
六/管仲/10/四	六/管仲/15/四	六/管仲/15/四	六/管仲/22/四	七/晉文/2/四
七/晉文/3/四	七/晉文/4/四	七/晉文/4/四	七/子犯/11/四	七/趙簡/10/四
七/越公/49/四	五/封許/2/四	五/封許/5/四	六/鄭武/10/四	六/子產/17/四
七/越公/6/四				

偏 旁

七/趙簡/10/駟			

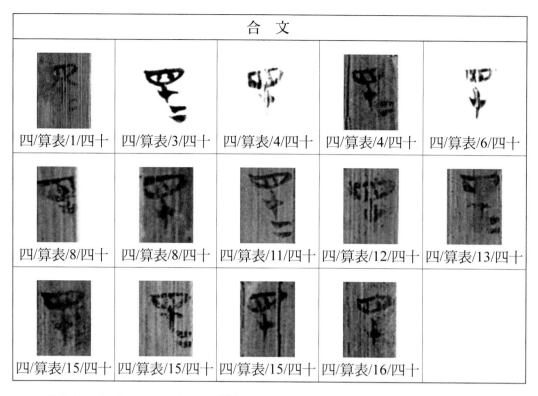

合　文				
四/算表/1/四十	四/算表/3/四十	四/算表/4/四十	四/算表/4/四十	四/算表/6/四十
四/算表/8/四十	四/算表/8/四十	四/算表/11/四十	四/算表/12/四十	四/算表/13/四十
四/算表/15/四十	四/算表/15/四十	四/算表/15/四十	四/算表/16/四十	

　　《說文‧卷十四‧四部》：「▨，陰數也。象四分之形。凡四之屬皆从四。▨古文四。三籀文四。」《說文‧卷二‧口部》：「▨，東夷謂息為呬。从口四聲。《詩》曰：『犬夷呬矣。』」四字的初文在古文字中的最初是象形字，在鼻字下增加幾筆，表示呼吸的氣流，象呼吸吐納之形，即息字。如，▨（《合集》2354），▨（《合集》3449）。在甲骨和金文時期同表示數字四的字有所不同，表示數字四的字形寫作：。三（《合集》20582）三（《合集》22046）。而後表示呼吸吐納形體的呬字字形，逐漸假借為表示數字的四。丁山謂：「積畫為三者數名之本字；後之作四者皆借呬為之。」〔註448〕

426　五

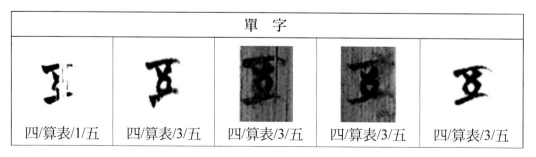

單　字				
四/算表/1/五	四/算表/3/五	四/算表/3/五	四/算表/3/五	四/算表/3/五

〔註448〕丁山：〈數名古誼〉《中央研究院歷史語言研究所集刊》一本第一分，頁90。

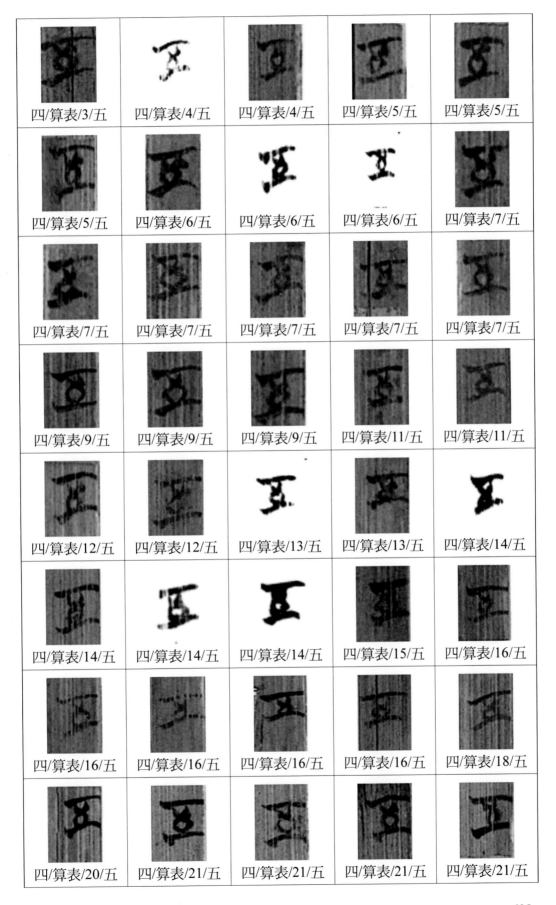

四/算表/3/五	四/算表/4/五	四/算表/4/五	四/算表/5/五	四/算表/5/五
四/算表/5/五	四/算表/6/五	四/算表/6/五	四/算表/6/五	四/算表/7/五
四/算表/7/五	四/算表/7/五	四/算表/7/五	四/算表/7/五	四/算表/7/五
四/算表/9/五	四/算表/9/五	四/算表/9/五	四/算表/11/五	四/算表/11/五
四/算表/12/五	四/算表/12/五	四/算表/13/五	四/算表/13/五	四/算表/14/五
四/算表/14/五	四/算表/14/五	四/算表/14/五	四/算表/15/五	四/算表/16/五
四/算表/16/五	四/算表/16/五	四/算表/16/五	四/算表/16/五	四/算表/18/五
四/算表/20/五	四/算表/21/五	四/算表/21/五	四/算表/21/五	四/算表/21/五

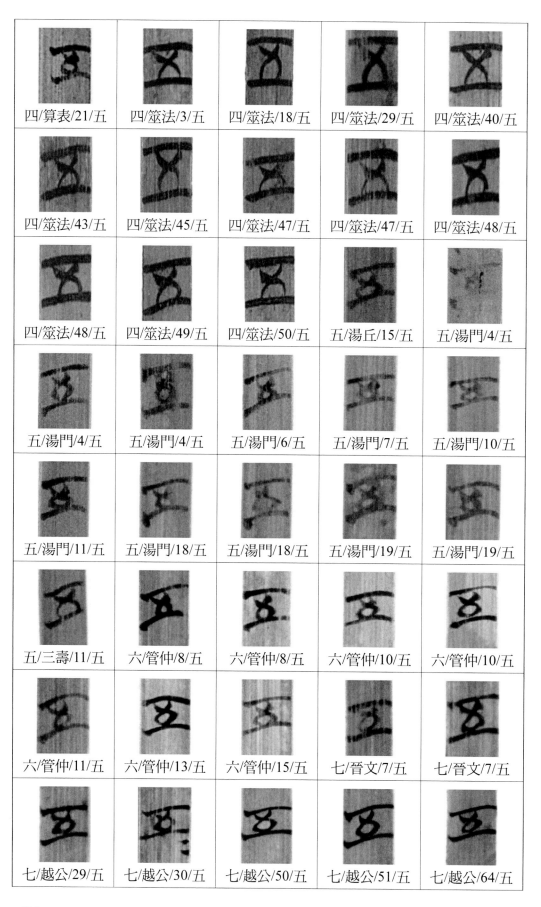

四/算表/21/五	四/筮法/3/五	四/筮法/18/五	四/筮法/29/五	四/筮法/40/五
四/筮法/43/五	四/筮法/45/五	四/筮法/47/五	四/筮法/47/五	四/筮法/48/五
四/筮法/48/五	四/筮法/49/五	四/筮法/50/五	五/湯丘/15/五	五/湯門/4/五
五/湯門/4/五	五/湯門/4/五	五/湯門/6/五	五/湯門/7/五	五/湯門/10/五
五/湯門/11/五	五/湯門/18/五	五/湯門/18/五	五/湯門/19/五	五/湯門/19/五
五/三壽/11/五	六/管仲/8/五	六/管仲/8/五	六/管仲/10/五	六/管仲/10/五
六/管仲/11/五	六/管仲/13/五	六/管仲/15/五	七/晉文/7/五	七/晉文/7/五
七/越公/29/五	七/越公/30/五	七/越公/50/五	七/越公/51/五	七/越公/64/五

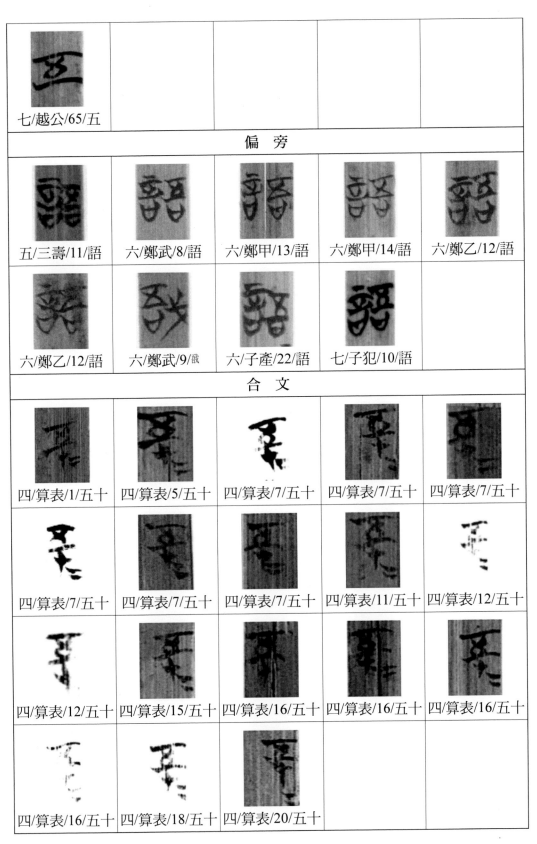

七/越公/65/五				

偏　旁

五/三壽/11/語	六/鄭武/8/語	六/鄭甲/13/語	六/鄭甲/14/語	六/鄭乙/12/語
六/鄭乙/12/語	六/鄭武/9/戲	六/子產/22/語	七/子犯/10/語	

合　文

四/算表/1/五十	四/算表/5/五十	四/算表/7/五十	四/算表/7/五十	四/算表/7/五十
四/算表/7/五十	四/算表/7/五十	四/算表/7/五十	四/算表/11/五十	四/算表/12/五十
四/算表/12/五十	四/算表/15/五十	四/算表/16/五十	四/算表/16/五十	四/算表/16/五十
四/算表/16/五十	四/算表/18/五十	四/算表/20/五十		

《說文・卷十四・五部》：「█，五行也。從二，陰陽在天地閒交午也。凡五之屬皆從五。█古文五省。」甲骨文形體寫作：乄（《前》1.44.7），乄（《後》

1.22.1），𝕏（《寧滬》1.217）。金文形體寫作：𝕏（《大鼎》），𝕏（《伯中父簋》）。林義光：「本義為交午，假借為數名。」〔註449〕

427　六

單　字				
四/筮法/1/六	四/算表/1/六	四/算表/3/六	四/算表/3/六	四/算表/3/六
四/算表/3/六	四/算表/4/六	四/算表/4/六	四/算表/4/六	四/算表/4/六
四/算表/4/六	四/算表/5/六	四/算表/5/六	四/算表/5/六	四/算表/6/六
四/算表/6/六	四/算表/8/六	四/算表/8/六	四/算表/8/六	四/算表/9/六
四/算表/10/六	四/算表/10/六	四/算表/11/六	四/算表/12/六	四/算表/12/六
四/算表/13/六	四/算表/13/六	四/算表/13/六	四/算表/14/六	四/算表/14/六

〔註449〕林義光：《文源》，頁135。

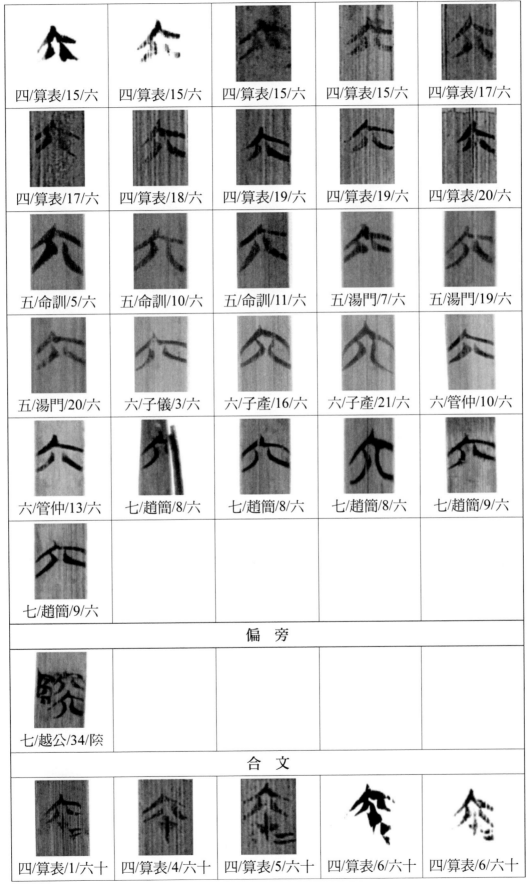

四/算表/15/六	四/算表/15/六	四/算表/15/六	四/算表/15/六	四/算表/17/六
四/算表/17/六	四/算表/18/六	四/算表/19/六	四/算表/19/六	四/算表/20/六
五/命訓/5/六	五/命訓/10/六	五/命訓/11/六	五/湯門/7/六	五/湯門/19/六
五/湯門/20/六	六/子儀/3/六	六/子產/16/六	六/子產/21/六	六/管仲/10/六
六/管仲/13/六	七/趙簡/8/六	七/趙簡/8/六	七/趙簡/8/六	七/趙簡/9/六
七/趙簡/9/六				
偏　旁				
七/越公/34/陰				
合　文				
四/算表/1/六十	四/算表/4/六十	四/算表/5/六十	四/算表/6/六十	四/算表/6/六十

四/算表/6/六十	四/算表/8/六十	四/算表/9/六十	四/算表/10/六十	四/算表/10/六十
四/算表/11/六十	四/算表/12/六十	四/算表/12/六十	四/算表/13/六十	四/算表/13/六十
四/算表/13/六十	四/算表/14/六十	四/算表/14/六十	四/算表/15/六十	四/算表/17/六十
四/算表/18/六十	四/算表/19/六十	四/算表/19/六十	四/算表/20/六十	七/越公/61/六千
七/越公/64/六千	七/越公/67/六千			

《說文・卷十四・六部》：「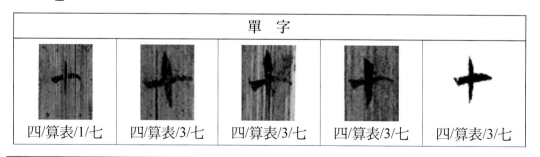，《易》之數，陰變於六，正於八。从入从八。凡六之屬皆从六。」甲骨文形體為：八（《菫》1.1），八（《佚》76）。金文形體寫作：介（《靜簋》），介（《禹鼎》）。「六」字本義不詳，假借為數字名。

〔註450〕

428 七

單 字				
四/算表/1/七	四/算表/3/七	四/算表/3/七	四/算表/3/七	四/算表/3/七

〔註450〕季師旭昇：《說文新證》，頁951。

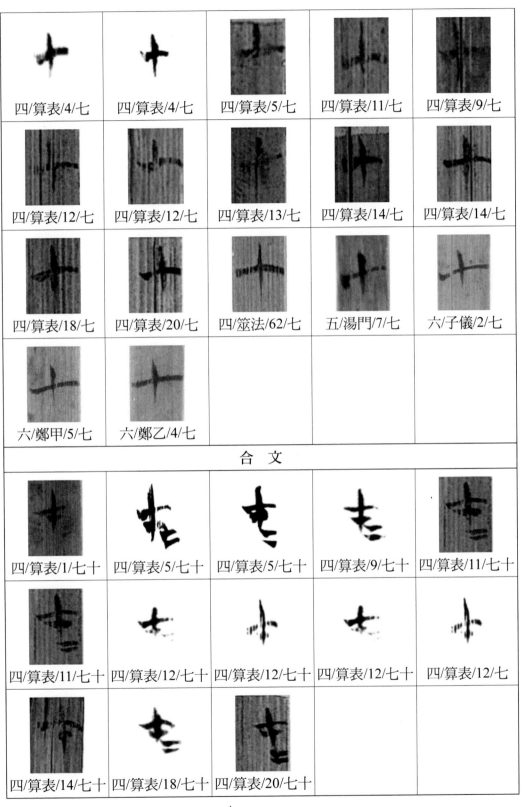

四/算表/4/七	四/算表/4/七	四/算表/5/七	四/算表/11/七	四/算表/9/七
四/算表/12/七	四/算表/12/七	四/算表/13/七	四/算表/14/七	四/算表/14/七
四/算表/18/七	四/算表/20/七	四/筮法/62/七	五/湯門/7/七	六/子儀/2/七
六/鄭甲/5/七	六/鄭乙/4/七			
合　文				
四/算表/1/七十	四/算表/5/七十	四/算表/5/七十	四/算表/9/七十	四/算表/11/七十
四/算表/11/七十	四/算表/12/七十	四/算表/12/七十	四/算表/12/七十	四/算表/12/七
四/算表/14/七十	四/算表/18/七十	四/算表/20/七十		

　　《說文・卷十四・七部》：「七，陽之正也。从一，微陰从中衺出也。凡七之屬皆从七。」甲骨文形體寫作：十（《合集》12509），十（《合集》895），十（《合集》11500）。金文形體寫作：十（《井鼎》），十（《廿七年衛簋》），

十 (《多友鼎》)。林義光：「疑即切之初文。」〔註451〕季師：「疑屬假借，本義不詳，假借數名。」〔註452〕

429　八

單 字				
四/筮法/16/八	四/筮法/44/八	四/筮法/50/八	四/筮法/52/八	四/筮法/53/八
四/算表/1/八	四/算表/3/八	四/算表/3/八	四/算表/4/八	四/算表/4/八
四/算表/5/八	四/算表/6/八	四/算表/6/八	四/算表/8/八	四/算表/8/八
四/算表/9/八	四/算表/10/八	四/算表/10/八	四/算表/11/八	四/算表/12/八
四/算表/12/八	四/算表/13/八	四/算表/13/八	四/算表/13/八	四/算表/14/八
四/算表/15/八	四/算表/15/八	四/算表/17/八	四/算表/17/八	四/算表/18/八

〔註451〕林義光：《文源》，頁 43。
〔註452〕季師旭昇：《說文新證》，頁 951。

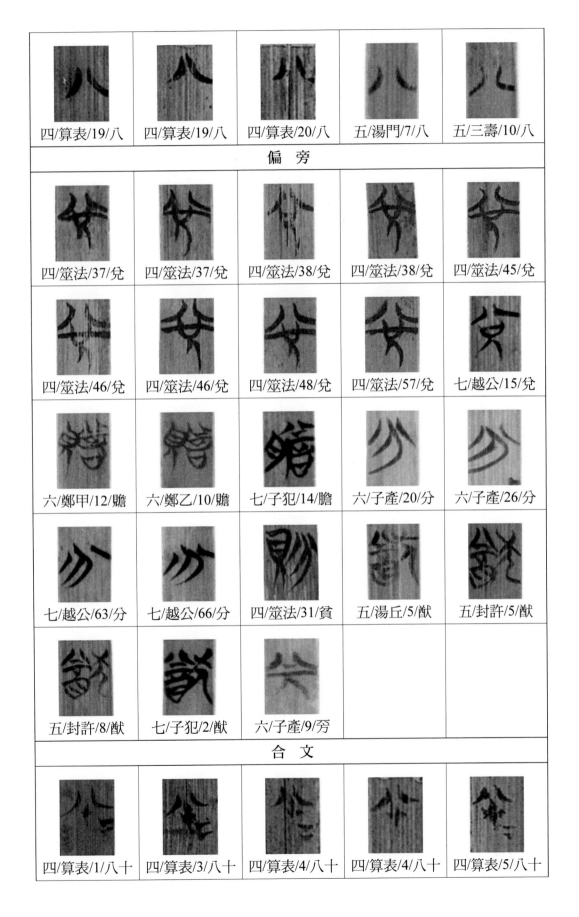

四/算表/19/八	四/算表/19/八	四/算表/20/八	五/湯門/7/八	五/三壽/10/八

偏　旁

四/筮法/37/兌	四/筮法/37/兌	四/筮法/38/兌	四/筮法/38/兌	四/筮法/45/兌
四/筮法/46/兌	四/筮法/46/兌	四/筮法/48/兌	四/筮法/57/兌	七/越公/15/兌
六/鄭甲/12/贍	六/鄭乙/10/贍	七/子犯/14/贍	六/子產/20/分	六/子產/26/分
七/越公/63/分	七/越公/66/分	四/筮法/31/貧	五/湯丘/5/猷	五/封許/5/猷
五/封許/8/猷	七/子犯/2/猷	六/子產/9/芬		

合　文

四/算表/1/八十	四/算表/3/八十	四/算表/4/八十	四/算表/4/八十	四/算表/5/八十

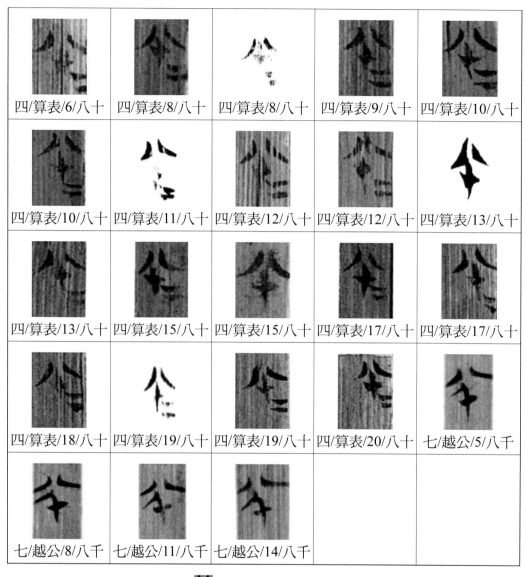

四/算表/6/八十	四/算表/8/八十	四/算表/8/八十	四/算表/9/八十	四/算表/10/八十
四/算表/10/八十	四/算表/11/八十	四/算表/12/八十	四/算表/12/八十	四/算表/13/八十
四/算表/13/八十	四/算表/15/八十	四/算表/15/八十	四/算表/17/八十	四/算表/17/八十
四/算表/18/八十	四/算表/19/八十	四/算表/19/八十	四/算表/20/八十	七/越公/5/八千
七/越公/8/八千	七/越公/11/八千	七/越公/14/八千		

《說文・卷二・八部》：「**〢**，別也。象分別相背之形。凡八之屬皆从八。」甲骨文形體寫作：八（《合集》5932），**八**（《合集》19287）。金文形體寫作：**八**（《小克鼎》），**八**（《不旨方鼎》）。「八」字表示分別之意，同時古文字形體中也會用於分化符號。

430　九

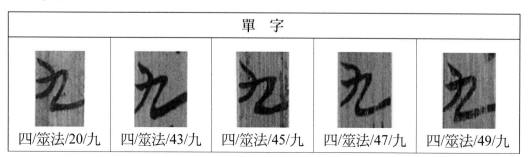

單　字				
四/筮法/20/九	四/筮法/43/九	四/筮法/45/九	四/筮法/47/九	四/筮法/49/九

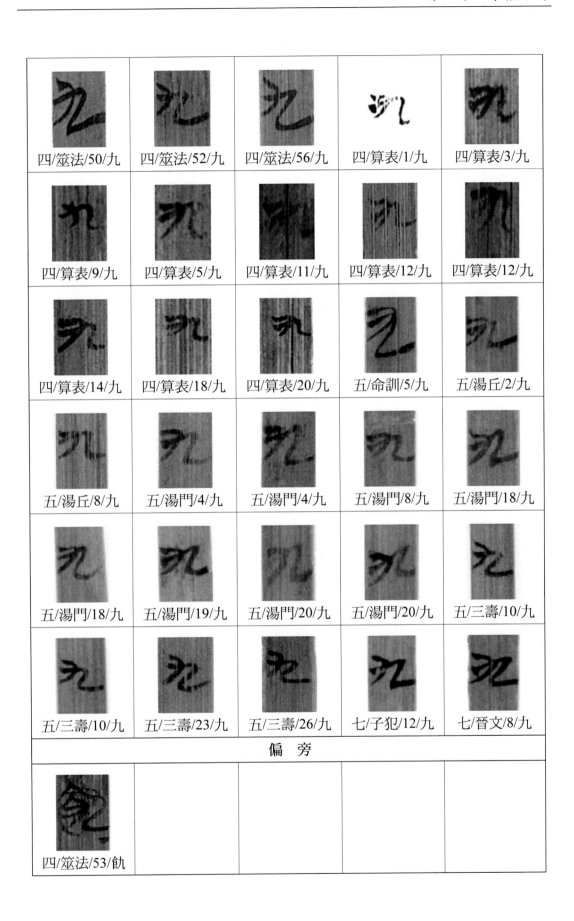

四/筮法/50/九	四/筮法/52/九	四/筮法/56/九	四/算表/1/九	四/算表/3/九
四/算表/9/九	四/算表/5/九	四/算表/11/九	四/算表/12/九	四/算表/12/九
四/算表/14/九	四/算表/18/九	四/算表/20/九	五/命訓/5/九	五/湯丘/2/九
五/湯丘/8/九	五/湯門/4/九	五/湯門/4/九	五/湯門/8/九	五/湯門/18/九
五/湯門/18/九	五/湯門/19/九	五/湯門/20/九	五/湯門/20/九	五/三壽/10/九
五/三壽/10/九	五/三壽/23/九	五/三壽/26/九	七/子犯/12/九	七/晉文/8/九

偏　旁			
四/筮法/53/飢			

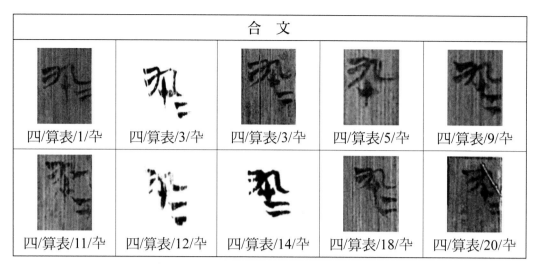

合　文				
四/算表/1/九	四/算表/3/九	四/算表/3/九	四/算表/5/九	四/算表/9/九
四/算表/11/九	四/算表/12/九	四/算表/14/九	四/算表/18/九	四/算表/20/九

　　《說文・卷十四・九部》：「九，陽之變也。象其屈曲究盡之形。凡九之屬皆从九。」九字甲骨文形體作：（《合集 30302》），（《屯南》2949），（《合集》10003）。金文形體作：（《大盂鼎》），（《賢簋》），（《小克鼎》）。對於此字的釋形，丁山〔註453〕、何琳儀〔註454〕以為「九」字即是「肘」字。姚孝遂於《甲骨文字釋林》按語已說明「九」字與「肘」字已經分化。〔註455〕季師補充道：「甲骨文『肘』字作『　』（《前》4.11.2），去掉左下指事符號，確與『九』同形，九（見／幽）、肘（知／幽）韻同，聲紐則見母與知母古有通假例。」〔註456〕

431　十

單　字				
四/算表/1/十	四/算表/3/十	四/算表/3/十	四/算表/3/十	四/算表/3/十
四/算表/3/十	四/算表/3/十	四/算表/4/十	四/算表/4/十	四/算表/5/十

〔註453〕丁山：〈數名古誼〉《中央研究院歷史語言所集刊》一本一分，頁 90。
〔註454〕何琳儀：《戰國古文字典》，頁 164。
〔註455〕于省吾主編：《甲骨文字詁林》，頁 3582。
〔註456〕季師旭昇：《說文新證》，頁 953。

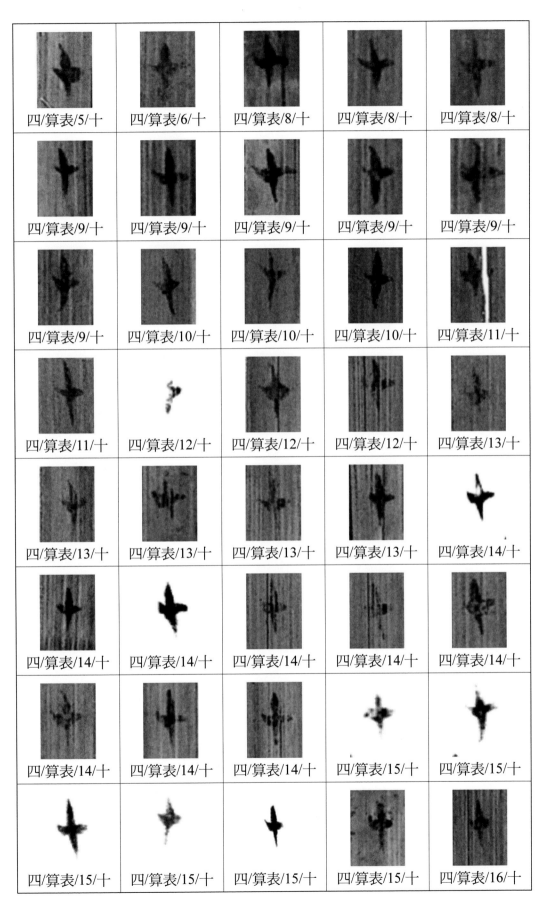

四/算表/5/十	四/算表/6/十	四/算表/8/十	四/算表/8/十	四/算表/8/十
四/算表/9/十	四/算表/9/十	四/算表/9/十	四/算表/9/十	四/算表/9/十
四/算表/9/十	四/算表/10/十	四/算表/10/十	四/算表/10/十	四/算表/11/十
四/算表/11/十	四/算表/12/十	四/算表/12/十	四/算表/12/十	四/算表/13/十
四/算表/13/十	四/算表/13/十	四/算表/13/十	四/算表/13/十	四/算表/14/十
四/算表/14/十	四/算表/14/十	四/算表/14/十	四/算表/14/十	四/算表/14/十
四/算表/14/十	四/算表/14/十	四/算表/14/十	四/算表/15/十	四/算表/15/十
四/算表/15/十	四/算表/15/十	四/算表/15/十	四/算表/15/十	四/算表/16/十

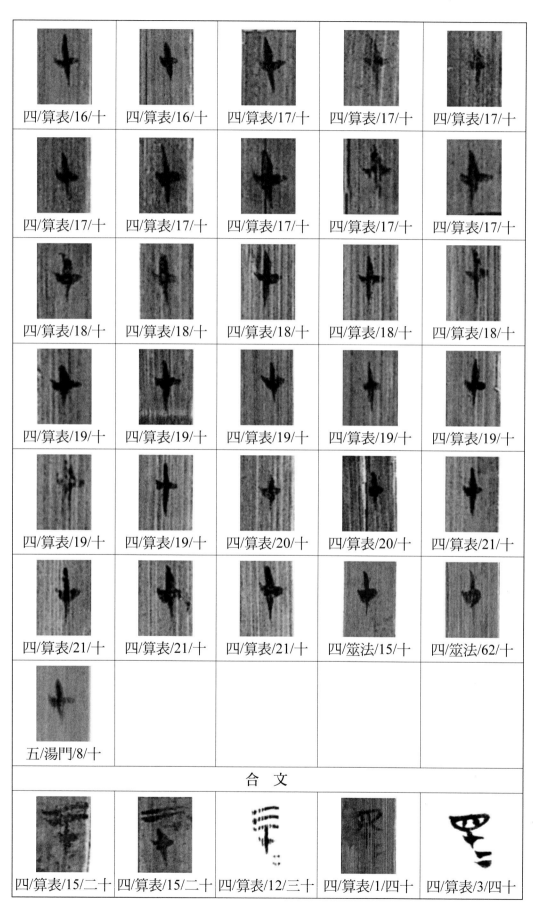

四/算表/16/十	四/算表/16/十	四/算表/17/十	四/算表/17/十	四/算表/17/十
四/算表/17/十	四/算表/17/十	四/算表/17/十	四/算表/17/十	四/算表/17/十
四/算表/18/十	四/算表/18/十	四/算表/18/十	四/算表/18/十	四/算表/18/十
四/算表/19/十	四/算表/19/十	四/算表/19/十	四/算表/19/十	四/算表/19/十
四/算表/19/十	四/算表/19/十	四/算表/20/十	四/算表/20/十	四/算表/21/十
四/算表/21/十	四/算表/21/十	四/算表/21/十	四/筮法/15/十	四/筮法/62/十
五/湯門/8/十				
合　文				
四/算表/15/二十	四/算表/15/二十	四/算表/12/三十	四/算表/1/四十	四/算表/3/四十

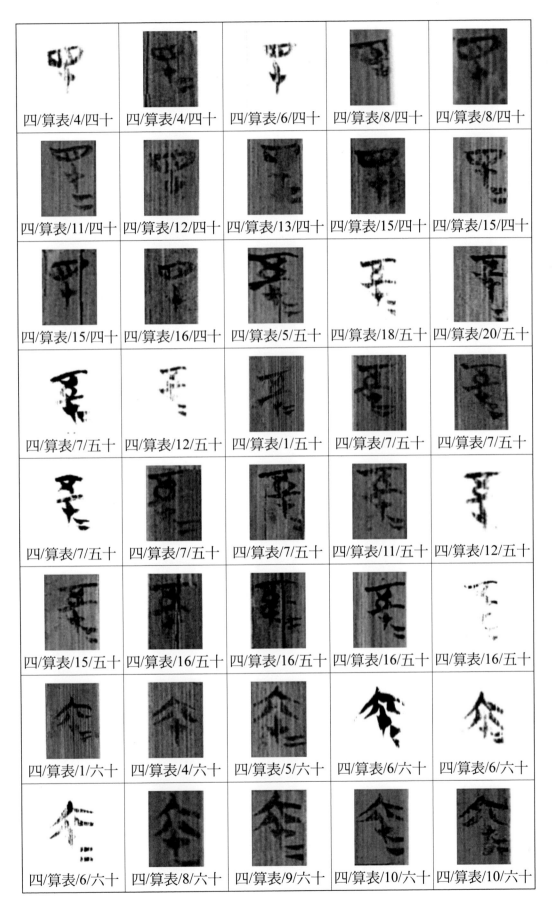

四/算表/4/四十	四/算表/4/四十	四/算表/6/四十	四/算表/8/四十	四/算表/8/四十
四/算表/11/四十	四/算表/12/四十	四/算表/13/四十	四/算表/15/四十	四/算表/15/四十
四/算表/15/四十	四/算表/16/四十	四/算表/5/五十	四/算表/18/五十	四/算表/20/五十
四/算表/7/五十	四/算表/12/五十	四/算表/1/五十	四/算表/7/五十	四/算表/7/五十
四/算表/7/五十	四/算表/7/五十	四/算表/7/五十	四/算表/11/五十	四/算表/12/五十
四/算表/15/五十	四/算表/16/五十	四/算表/16/五十	四/算表/16/五十	四/算表/16/五十
四/算表/1/六十	四/算表/4/六十	四/算表/5/六十	四/算表/6/六十	四/算表/6/六十
四/算表/6/六十	四/算表/8/六十	四/算表/9/六十	四/算表/10/六十	四/算表/10/六十

四/算表/11/六十	四/算表/12/六十	四/算表/12/六十	四/算表/13/六十	四/算表/13/六十
四/算表/13/六十	四/算表/14/六十	四/算表/14/六十	四/算表/15/六十	四/算表/17/六十
四/算表/18/六十	四/算表/19/六十	四/算表/19/六十	四/算表/20/六十	七/越公/61/六千
七/越公/64/六千	七/越公/67/六千	四/算表/1/七十	四/算表/5/七十	四/算表/5/七十
四/算表/9/七十	四/算表/11/七十	四/算表/11/七十	四/算表/12/七十	四/算表/12/七十
四/算表/12/七十	四/算表/12/七十	四/算表/14/七十	四/算表/18/七十	四/算表/20/七十
四/算表/1/八十	四/算表/3/八十	四/算表/4/八十	四/算表/4/八十	四/算表/5/八十
四/算表/6/八十	四/算表/8/八十	四/算表/8/八十	四/算表/9/八十	四/算表/10/八十

四/算表/10/八十	四/算表/11/八十	四/算表/12/八十	四/算表/12/八十	四/算表/13/八十
四/算表/13/八十	四/算表/15/八十	四/算表/15/八十	四/算表/17/八十	四/算表/17/八十
四/算表/18/八十	四/算表/19/八十	四/算表/19/八十	四/算表/20/八十	四/算表/1/卒
四/算表/3/卒	四/算表/3/卒	四/算表/5/卒	四/算表/9/卒	四/算表/11/卒
四/算表/12/卒	四/算表/14/卒	四/算表/18/卒	四/算表/20/卒	

　　《說文・卷三・十部》：「十，數之具也。一為東西，｜為南北，則四方中央備矣。凡十之屬皆从十。」甲骨文形體寫作：｜（《前》1.5.5），金文形體寫作：（《盂鼎》），（《不娶簋》）。裘錫圭：「『｜』當為『針』之象形初文。……當然也不排除古人以『｜』記錄『十』時，也考慮到了『｜』是豎寫的『一』的可能。」〔註457〕

〔註457〕裘錫圭：《裘錫圭學術文集（卷二）》，頁391。

432　廿

單　字				
四/算表/1/廿	四/算表/4/廿	四/算表/5/廿	四/算表/6/廿	四/算表/6/廿
四/算表/7/廿	四/算表/8/廿	四/算表/8/廿	四/算表/10/廿	四/算表/10/廿
四/算表/10/廿	四/算表/11/廿	四/算表/12/廿	四/算表/12/廿	四/算表/13/廿
四/算表/13/廿	四/算表/13/廿	四/算表/14/廿	四/算表/16/廿	四/算表/16/廿
四/算表/17/廿	四/算表/17/廿	四/算表/18/廿	四/算表/18/廿	四/算表/18/廿
四/算表/18/廿	四/算表/19/廿	四/算表/19/廿	四/算表/20/廿	四/算表/21/廿
四/算表/21/廿				

《說文・卷三・十部》：「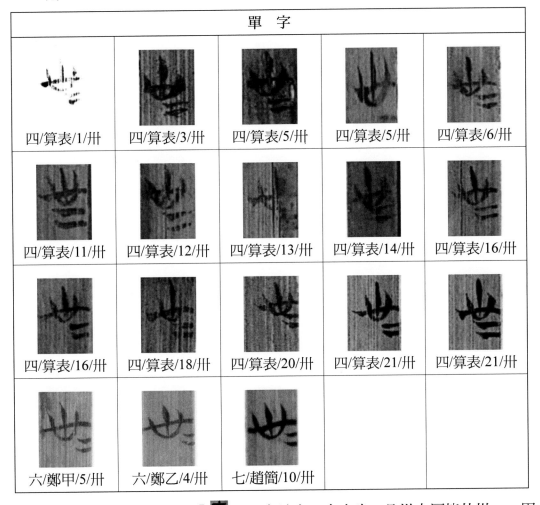，二十并也。古文省。」甲骨文「廿」字形體寫作：⼭（《合集》21249），Ʋ（《合集》34122），Ʋ（《合集》30689）。金文形體寫作：Ʋ（《曶鼎》），Ʋ（《小克鼎》），Ʋ（《頌定》）。「廿」字從二十併，或訛為「口」形。字為會意兼聲。〔註458〕

433 卅

單　字				
四/算表/1/卅	四/算表/3/卅	四/算表/5/卅	四/算表/5/卅	四/算表/6/卅
四/算表/11/卅	四/算表/12/卅	四/算表/13/卅	四/算表/14/卅	四/算表/16/卅
四/算表/16/卅	四/算表/18/卅	四/算表/20/卅	四/算表/21/卅	四/算表/21/卅
六/鄭甲/5/卅	六/鄭乙/4/卅	七/趙簡/10/卅		

《說文・卷三・卅部》：「卅，三十并也。古文省。凡卅之屬皆从卅。」甲骨文形體寫作：⼭（《合集》22125），Ʋ（《合集》314），Ʋ（《合集》11506）。金文形體寫作：Ʋ（《宜侯夨簋》），Ʋ（《多友鼎》），Ʋ（《毛公鼎》）。「卅」字形為三十合書，會意兼形聲字。〔註459〕

〔註458〕季師旭昇：《說文新證》，頁157。
〔註459〕季師旭昇：《說文新證》，頁158。

434 百

單 字				
四/算表/3/百	四/算表/3/百	四/算表/3/百	四/算表/3/百	四/算表/3/百
四/算表/3/百	四/算表/3/百	四/算表/3/百	四/算表/3/百	四/算表/3/百
四/算表/3/百	四/算表/3/百	四/算表/3/百	四/算表/3/百	四/算表/3/百
四/算表/3/百	四/算表/3/百	四/算表/4/百	四/算表/4/百	四/算表/4/百
四/算表/4/百	四/算表/4/百	四/算表/4/百	四/算表/4/百	四/算表/4/百
四/算表/4/百	四/算表/4/百	四/算表/4/百	四/算表/4/百	四/算表/4/百
四/算表/4/百	四/算表/4/百	四/算表/4/百	四/算表/5/百	四/算表/5/百

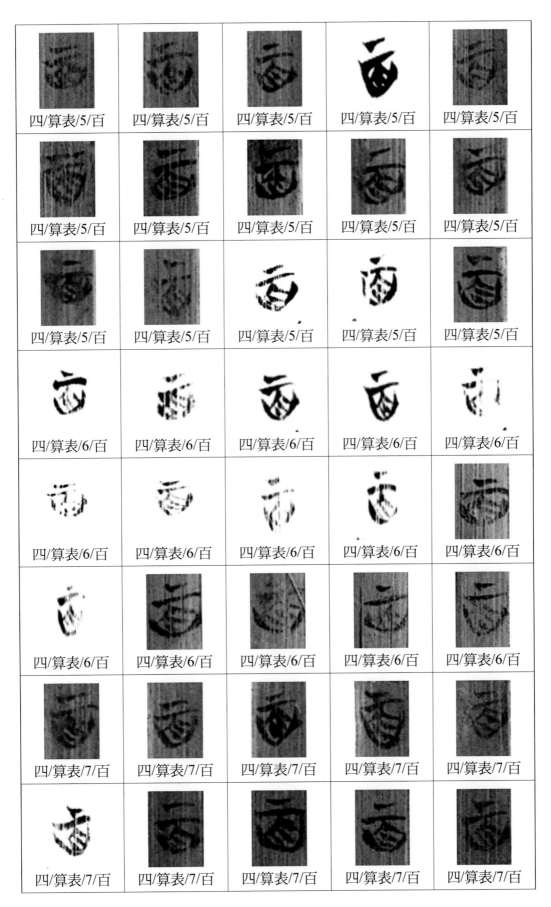

四/算表/5/百	四/算表/5/百	四/算表/5/百	四/算表/5/百	四/算表/5/百
四/算表/5/百	四/算表/5/百	四/算表/5/百	四/算表/5/百	四/算表/5/百
四/算表/5/百	四/算表/5/百	四/算表/5/百	四/算表/5/百	四/算表/5/百
四/算表/6/百	四/算表/6/百	四/算表/6/百	四/算表/6/百	四/算表/6/百
四/算表/6/百	四/算表/6/百	四/算表/6/百	四/算表/6/百	四/算表/6/百
四/算表/6/百	四/算表/6/百	四/算表/6/百	四/算表/6/百	四/算表/6/百
四/算表/7/百	四/算表/7/百	四/算表/7/百	四/算表/7/百	四/算表/7/百
四/算表/7/百	四/算表/7/百	四/算表/7/百	四/算表/7/百	四/算表/7/百

四/算表/7/百	四/算表/7/百	四/算表/7/百	四/算表/8/百	四/算表/8/百
四/算表/8/百	四/算表/8/百	四/算表/8/百	四/算表/8/百	四/算表/8/百
四/算表/8/百	四/算表/8/百	四/算表/8/百	四/算表/8/百	四/算表/8/百
四/算表/8/百	四/算表/8/百	四/算表/8/百	四/算表/9/百	四/算表/9/百
四/算表/9/百	四/算表/9/百	四/算表/9/百	四/算表/9/百	四/算表/9/百
四/算表/9/百	四/算表/9/百	四/算表/9/百	四/算表/9/百	四/算表/9/百
四/算表/9/百	四/算表/9/百	四/算表/9/百	四/算表/10/百	四/算表/10/百
四/算表/10/百	四/算表/10/百	四/算表/10/百	四/算表/10/百	四/算表/10/百

四/算表/10/百	四/算表/10/百	四/算表/10/百	四/算表/10/百	四/算表/10/百
四/算表/10/百	四/算表/11/百	四/算表/11/百	四/算表/11/百	四/算表/11/百
四/算表/11/百	四/算表/11/百	四/算表/11/百	四/算表/11/百	四/算表/11/百
四/算表/12/百	四/算表/12/百	四/算表/12/百	四/算表/12/百	四/算表/12/百
四/算表/12/百	四/算表/12/百	四/算表/12/百	四/算表/13/百	四/算表/13/百
四/算表/13/百	四/算表/13/百	四/算表/13/百	四/算表/13/百	四/算表/13/百
四/算表/13/百	四/算表/14/百	四/算表/14/百	四/算表/14/百	四/算表/14/百
四/算表/14/百	四/算表/14/百	四/算表/14/百	四/算表/15/百	四/算表/15/百

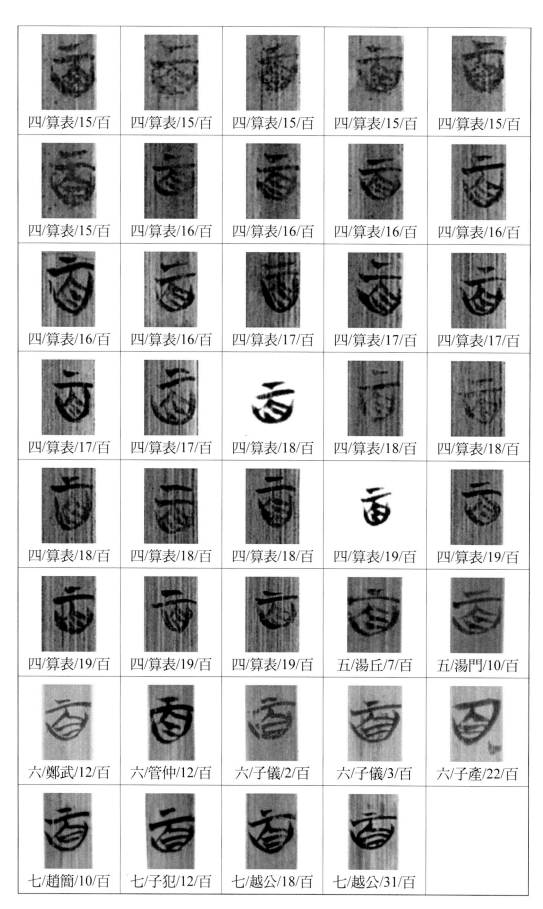

四/算表/15/百	四/算表/15/百	四/算表/15/百	四/算表/15/百	四/算表/15/百
四/算表/15/百	四/算表/16/百	四/算表/16/百	四/算表/16/百	四/算表/16/百
四/算表/16/百	四/算表/16/百	四/算表/17/百	四/算表/17/百	四/算表/17/百
四/算表/17/百	四/算表/17/百	四/算表/18/百	四/算表/18/百	四/算表/18/百
四/算表/18/百	四/算表/18/百	四/算表/18/百	四/算表/19/百	四/算表/19/百
四/算表/19/百	四/算表/19/百	四/算表/19/百	五/湯丘/7/百	五/湯門/10/百
六/鄭武/12/百	六/管仲/12/百	六/子儀/2/百	六/子儀/3/百	六/子產/22/百
七/趙簡/10/百	七/子犯/12/百	七/越公/18/百	七/越公/31/百	

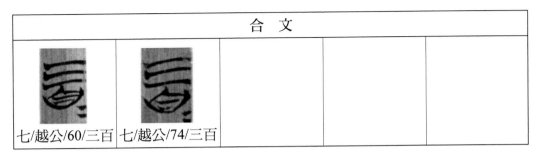

合　文				
七/越公/60/三百	七/越公/74/三百			

　　《說文·卷四·白部》：「百，十十也。从一、白。數，十百為一貫。相章也。（百）古文百从自。」甲骨文百字寫作：百（《合集》115 正），百（《合集》15428），百（《合集》17892）。金文形體寫作：百（《史頌簋》），百（《秦公鍾》）。季師在《說文新證》中引用于省吾的釋形作：「百是白的分化字。甲骨文以『白』為『百』，後來因為用各有當，於是『白』的中部加入一『入』形，而作百。後又加一橫，繁化作百，也有省作百。」〔註460〕

〔註460〕季師旭昇：《說文新證》，頁 278。

五十、其他類

435 上

單 字				
四/筮法/9/上	四/筮法/11/上	四/筮法/14/上	四/筮法/17/上	四/筮法/17/上
四/筮法/19/上	四/筮法/19/上	四/筮法/23/上	四/筮法/32/上	四/筮法/53/上
四/筮法/61/上	四/筮法/61/上	五/厚父/2/上	五/厚父/3/上	五/厚父/5/上
五/命訓/4/上	五/命訓/4/上	五/命訓/8/上	五/命訓/9/上	五/三壽/1/上
五/三壽/20/上	六/鄭武/13/上	六/子儀/14/上	六/子儀/15/上	六/子產/11/上
六/子產/17/上	六/子產/18/上	六/子產/26/上	七/子犯/8/上	七/子犯/9/上
七/越公/2/上	七/越公/73/上	七/越公/45/上		

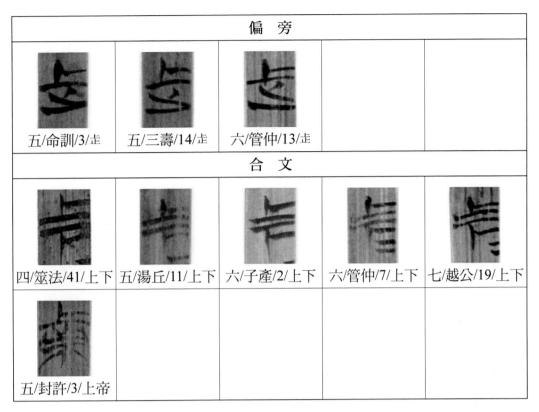

偏　旁				
五/命訓/3/走	五/三壽/14/走	六/管仲/13/走		
合　文				
四/筮法/41/上下	五/湯丘/11/上下	六/子產/2/上下	六/管仲/7/上下	七/越公/19/上下
五/封許/3/上帝				

《說文・卷一・上部》：「⏌，高也。此古文上，指事也。凡⏌之屬皆从⏌。𠄟篆文⏌。」甲骨文形體寫作：▅（《乙》2243），◥（《後》1.8.7）。金文形體寫作：▅（《牆盤》），⏊（《子犯編鍾》）。此字為指事字，表示比其他物品高的位置。〔註461〕

436　下

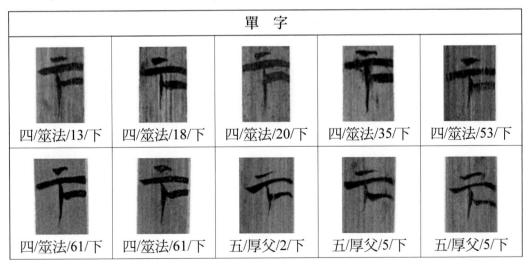

單　字				
四/筮法/13/下	四/筮法/18/下	四/筮法/20/下	四/筮法/35/下	四/筮法/53/下
四/筮法/61/下	四/筮法/61/下	五/厚父/2/下	五/厚父/5/下	五/厚父/5/下

〔註461〕季師旭昇：《說文新證》，頁44～45。

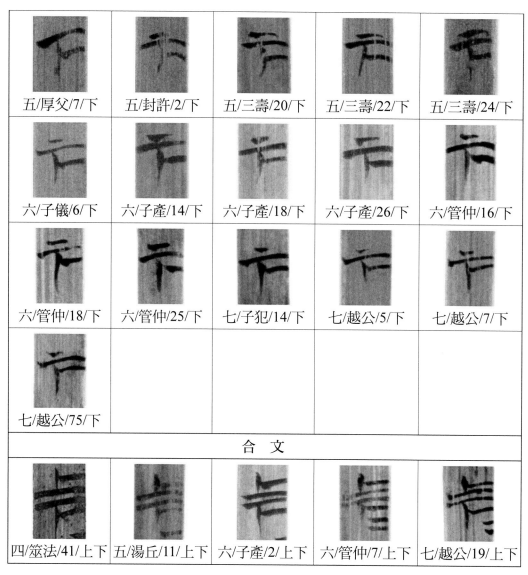

五/厚父/7/下	五/封許/2/下	五/三壽/20/下	五/三壽/22/下	五/三壽/24/下
六/子儀/6/下	六/子產/14/下	六/子產/18/下	六/子產/26/下	六/管仲/16/下
六/管仲/18/下	六/管仲/25/下	七/子犯/14/下	七/越公/5/下	七/越公/7/下
七/越公/75/下				

合　文				
四/筮法/41/上下	五/湯丘/11/上下	六/子產/2/上下	六/管仲/7/上下	七/越公/19/上下

《說文・卷一・上部》:「丅,底也。指事。丅篆文丅。」甲骨文形體寫作:
⎓（《乙》6672）,╱（《前》4.6.8）。金文形體寫作:⎓（《虢弔鐘》）,丅（《哀成弔鐘》）。「下」字為指事字,表示在物之底。〔註462〕

437　丩

單　字			
五/三壽/21/丩	五/鄭武/6/丩		

〔註462〕季師旭昇:《說文新證》,頁47。

偏　旁				
五/湯丘/13/句	五/湯丘/14/句	五/三壽/8/句	五/三壽/23/句	六/鄭武/9/句
六/管仲/10/句	六/管仲/18/句	六/管仲/20/句	六/子產/18/句	七/子犯/6/句
七/子犯/10/句	七/越公/5/句	七/越公/7/句	七/越公/8/句	七/越公/26/句
七/越公/29/句	七/越公/49/句	七/越公/58/句	七/越公/62/句	七/越公/67/句
七/越公/71/句	七/越公/72/句	七/越公/72/句	七/越公/73/句	七/晉文/4/洵
七/越公/28/洵	七/越公/30/洵	七/越公/56/洵	四/筮法/46/收	五/湯門/7/收
七/越公/49/收	七/晉文/2/敂	五/三壽/27/訽	五/三壽/17/寶	五/三壽/26/寶
五/封許/6/鉤	六/鄭甲/5/臼	六/鄭乙/5/臼		

《說文‧卷三‧丩部》：「，相糾繚也。一曰瓜瓠結丩起。象形。凡丩之屬皆从丩。」甲骨文形體寫作：（《合集》6170），（《乙》38.5）。金文形體寫作：（《鬲比盨》「句」字所從）。何琳儀：「象兩繩糾結之形體。」〔註463〕

438 乃

單 字				
四/筮法/2/乃	四/筮法/2/乃	四/筮法/4/乃	四/筮法/4/乃	四/筮法/6/乃
四/筮法/6/乃	四/筮法/8/乃	四/筮法/8/乃	四/筮法/10/乃	四/筮法/10/乃
四/筮法/12/乃	四/筮法/12/乃	四/筮法/15/乃	四/筮法/17/乃	四/筮法/17/乃
四/筮法/19/乃	四/筮法/20/乃	四/筮法/21/乃	四/筮法/21/乃	四/筮法/21/乃
四/筮法/22/乃	四/筮法/23/乃	四/筮法/23/乃	四/筮法/25/乃	四/筮法/27/乃
四/筮法/27/乃	四/筮法/28/乃	四/筮法/28/乃	四/筮法/29/乃	四/筮法/29/乃

〔註463〕何琳儀：《戰國古文字典》，頁163。

四/筮法/30/乃	四/筮法/31/乃	四/筮法/33/乃	四/筮法/35/乃	四/筮法/39/乃
四/筮法/39/乃	四/筮法/40/乃	四/筮法/41/乃	四/筮法/42/乃	四/筮法/43/乃
四/筮法/43/乃	四/筮法/43/乃	四/筮法/43/乃	四/筮法/44/乃	四/筮法/44/乃
四/筮法/44/乃	四/筮法/44/乃	四/筮法/45/乃	四/筮法/45/乃	四/筮法/47/乃
四/筮法/49/乃	四/筮法/49/乃	四/筮法/50/乃	四/筮法/50/乃	四/筮法/63/乃
四/筮法/63/乃	五/厚父/2/乃	五/厚父/3/乃	五/厚父/8/乃	五/命訓/8/乃
五/湯丘/3/乃	五/湯丘/4/乃	五/湯門/7/乃	五/湯門/7/乃	五/湯門/7/乃
五/湯門/7/乃	五/湯門/7/乃	五/湯門/8/乃	五/湯門/8/乃	五/湯門/9/乃

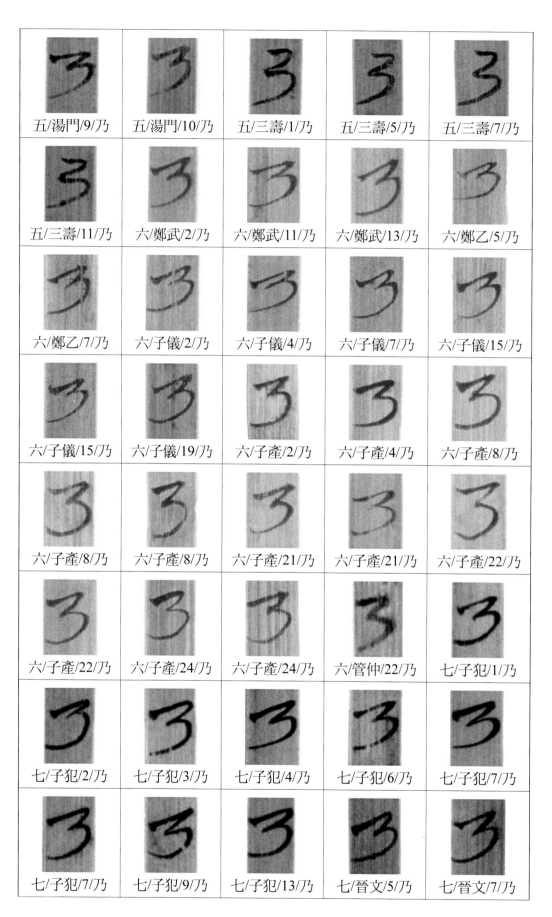

五/湯門/9/乃	五/湯門/10/乃	五/三壽/1/乃	五/三壽/5/乃	五/三壽/7/乃
五/三壽/11/乃	六/鄭武/2/乃	六/鄭武/11/乃	六/鄭武/13/乃	六/鄭乙/5/乃
六/鄭乙/7/乃	六/子儀/2/乃	六/子儀/4/乃	六/子儀/7/乃	六/子儀/15/乃
六/子儀/15/乃	六/子儀/19/乃	六/子產/2/乃	六/子產/4/乃	六/子產/8/乃
六/子產/22/乃	六/子產/8/乃	六/子產/21/乃	六/子產/21/乃	六/子產/22/乃
六/子產/22/乃	六/子產/24/乃	六/子產/24/乃	六/管仲/22/乃	七/子犯/1/乃
七/子犯/2/乃	七/子犯/3/乃	七/子犯/4/乃	七/子犯/6/乃	七/子犯/7/乃
七/子犯/7/乃	七/子犯/9/乃	七/子犯/13/乃	七/晉文/5/乃	七/晉文/7/乃

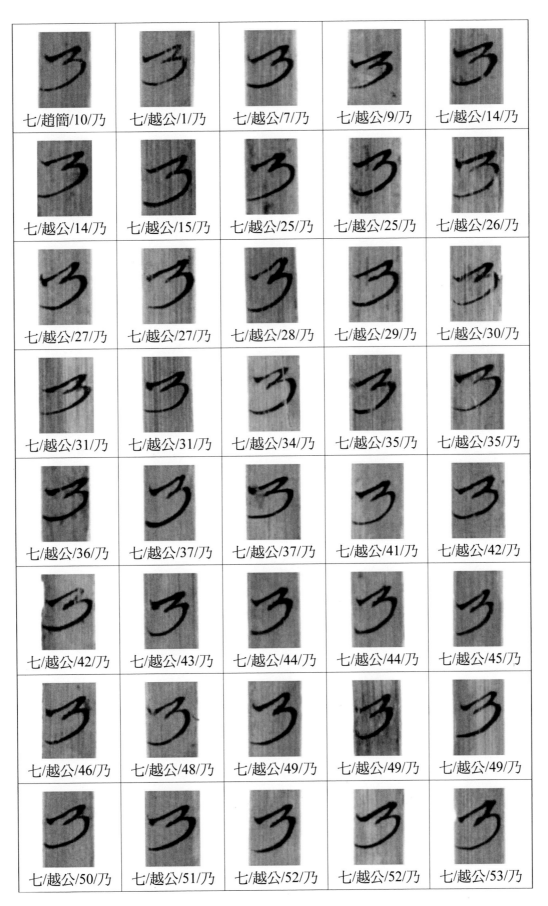

七/趙簡/10/乃	七/越公/1/乃	七/越公/7/乃	七/越公/9/乃	七/越公/14/乃
七/越公/14/乃	七/越公/15/乃	七/越公/25/乃	七/越公/25/乃	七/越公/26/乃
七/越公/27/乃	七/越公/27/乃	七/越公/28/乃	七/越公/29/乃	七/越公/30/乃
七/越公/31/乃	七/越公/31/乃	七/越公/34/乃	七/越公/35/乃	七/越公/35/乃
七/越公/36/乃	七/越公/37/乃	七/越公/37/乃	七/越公/41/乃	七/越公/42/乃
七/越公/42/乃	七/越公/43/乃	七/越公/44/乃	七/越公/44/乃	七/越公/45/乃
七/越公/46/乃	七/越公/48/乃	七/越公/49/乃	七/越公/49/乃	七/越公/49/乃
七/越公/50/乃	七/越公/51/乃	七/越公/52/乃	七/越公/52/乃	七/越公/53/乃

七/越公/53/乃	七/越公/53/乃	七/越公/54/乃	七/越公/54/乃	七/越公/56/乃
七/越公/56/乃	七/越公/56/乃	七/越公/56/乃	七/越公/57/乃	七/越公/59/乃
七/越公/59/乃	七/越公/59/乃	七/越公/61/乃	七/越公/61/乃	七/越公/61/乃
七/越公/62/乃	七/越公/62/乃	七/越公/63/乃	七/越公/64/乃	七/越公/65/乃
七/越公/66/乃	七/越公/66/乃	七/越公/67/乃	七/越公/67/乃	七/越公/68/乃
七/越公/68/乃	七/越公/68/乃	七/越公/68/乃	七/越公/69/乃	七/越公/72/乃
七/越公/74/乃	七/越公/63/乃	六/鄭甲/8/乃		

偏　旁

七/越公/10/朸	七/越公/73/朸			

混　同

五/厚父/1/監				

　　《說文・卷五・乃部》：「𠄎，曳詞之難也。象气之出難。凡乃之屬皆从乃。𠄏，古文乃。𠧙，籀文乃。」甲骨文形體寫作：𠄎（《菁》3.1），𠄎（《前》8.121）。金文形體寫作：𠄎（《乃孫作祖己鼎》）。林義光：「象曳引之形。《廣雅》：『扔，引也。』；《老子》：『則攘臂而扔之。』釋文：『引也』。以扔為之。」〔註464〕

439　入

單　字				
四/筮法/8/入	四/筮法/14/入	四/筮法/14/內	四/筮法/23/內	四/筮法/24/內
四/筮法/27/內	四/筮法/40/入	四/筮法/42/入	四/筮法/43/入	四/筮法/61/入
五/三壽/20/入	五/三壽/20/入	六/鄭甲/12/入	六/鄭甲/13/入	六/鄭乙/11/入
六/鄭乙/11/入	六/子產/3/入	七/晉文/1/入	七/晉文/2/入	七/晉文/3/入

〔註464〕林義光：《文源》，頁43。

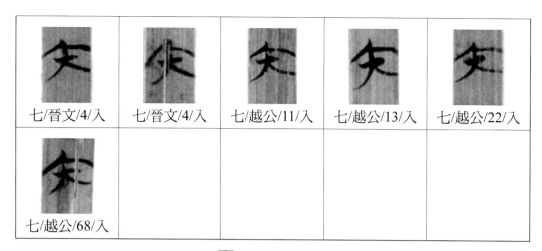

七/晉文/4/入	七/晉文/4/入	七/越公/11/入	七/越公/13/入	七/越公/22/入
七/越公/68/入				

　　《說文‧卷五‧入部》:「內,入也。从门,自外而入也。」《說文‧卷五‧入部》:「入,內也。象从上俱下也。凡入之屬皆从入。」甲骨文「入」形體寫作:入(《合集》22259),金文「入」形體寫作:入(《即簋》),入(《盂鼎》)。金文「內」形體寫作:內(《諫簋》),內(《內耳爵》)。甲骨文「入」字形體構形釋義不詳,金文「內」字增加「宀」形,表示進入屋室之形。〔註465〕

440　少

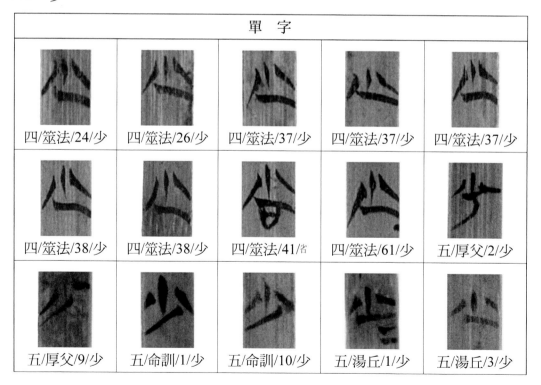

單 字				
四/筮法/24/少	四/筮法/26/少	四/筮法/37/少	四/筮法/37/少	四/筮法/37/少
四/筮法/38/少	四/筮法/38/少	四/筮法/41/省	四/筮法/61/少	五/厚父/2/少
五/厚父/9/少	五/命訓/1/少	五/命訓/10/少	五/湯丘/1/少	五/湯丘/3/少

〔註465〕何琳儀:《戰國古文字典》,頁1379。

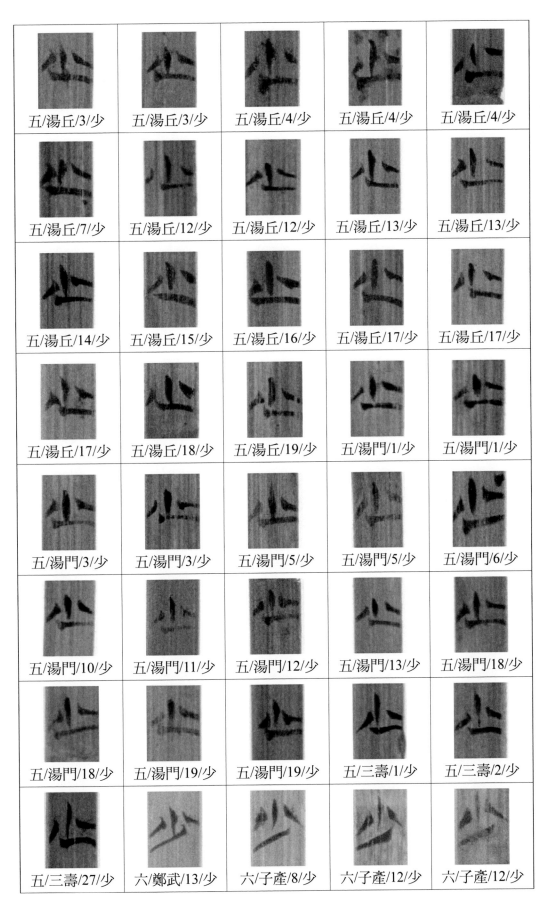

五/湯丘/3/少	五/湯丘/3/少	五/湯丘/4/少	五/湯丘/4/少	五/湯丘/4/少
五/湯丘/7/少	五/湯丘/12/少	五/湯丘/12/少	五/湯丘/13/少	五/湯丘/13/少
五/湯丘/14/少	五/湯丘/15/少	五/湯丘/16/少	五/湯丘/17/少	五/湯丘/17/少
五/湯丘/17/少	五/湯丘/18/少	五/湯丘/19/少	五/湯門/1/少	五/湯門/1/少
五/湯門/3/少	五/湯門/3/少	五/湯門/5/少	五/湯門/5/少	五/湯門/6/少
五/湯門/10/少	五/湯門/11/少	五/湯門/12/少	五/湯門/13/少	五/湯門/18/少
五/湯門/18/少	五/湯門/19/少	五/湯門/19/少	五/三壽/1/少	五/三壽/2/少
五/三壽/27/少	六/鄭武/13/少	六/子產/8/少	六/子產/12/少	六/子產/12/少

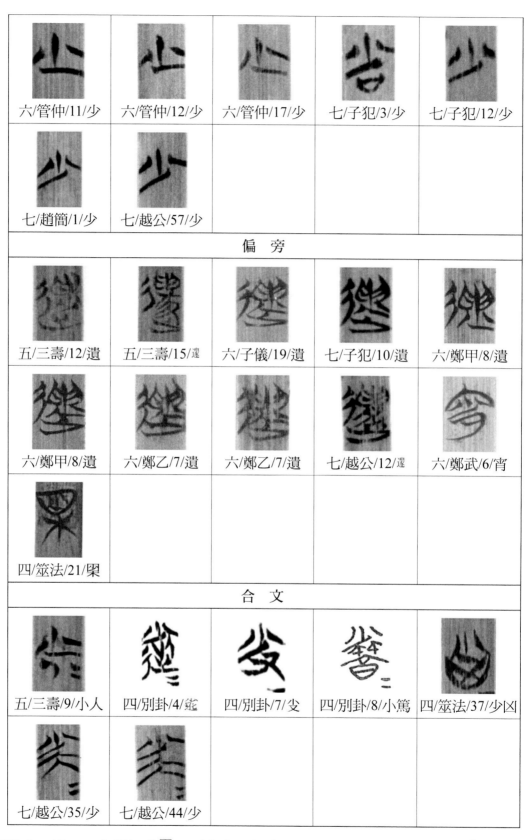

六/管仲/11/少	六/管仲/12/少	六/管仲/17/少	七/子犯/3/少	七/子犯/12/少
七/趙簡/1/少	七/越公/57/少			
偏　旁				
五/三壽/12/遺	五/三壽/15/還	六/子儀/19/遺	七/子犯/10/遺	六/鄭甲/8/遺
六/鄭甲/8/遺	六/鄭乙/7/遺	六/鄭乙/7/遺	七/越公/12/還	六/鄭武/6/宵
四/筮法/21/罥				
合　文				
五/三壽/9/小人	四/別卦/4/兹	四/別卦/7/少	四/別卦/8/小篤	四/筮法/37/少凶
七/越公/35/少	七/越公/44/少			

《說文·卷二·小部》：「⿱小⿱，不多也。从小丿聲。」甲骨文形體寫作：⺀（《甲》630），⺀（《後》2.9.13）。金文形體寫作：⺀（《何尊》）。馬敘倫以為，古文

字「沙」、「小」、「尖」為一字，都是「沙」形的象形。[註466] 于省吾：「少字的造字本意，係於小字下部附加一個小點，作為指事字的標誌，以別於小。」[註467]

441　○

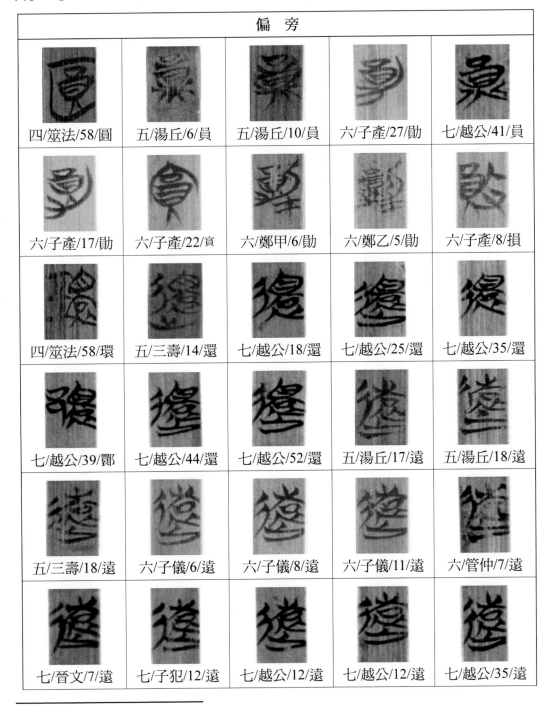

偏　旁				
四/筮法/58/圓	五/湯丘/6/員	五/湯丘/10/員	六/子產/27/勛	七/越公/41/員
六/子產/17/勛	六/子產/22/賨	六/鄭甲/6/勛	六/鄭乙/5/勛	六/子產/8/損
四/筮法/58/環	五/三壽/14/還	七/越公/18/還	七/越公/25/還	七/越公/35/還
七/越公/39/鄙	七/越公/44/還	七/越公/52/還	五/湯丘/17/遠	五/湯丘/18/遠
五/三壽/18/遠	六/子儀/6/遠	六/子儀/8/遠	六/子儀/11/遠	六/管仲/7/遠
七/晉文/7/遠	七/子犯/12/遠	七/越公/12/遠	七/越公/12/遠	七/越公/35/遠

[註466] 馬敘倫：《讀金器刻辭》，頁 61。
[註467] 于省吾：《甲骨文字林釋》，頁 456～457。

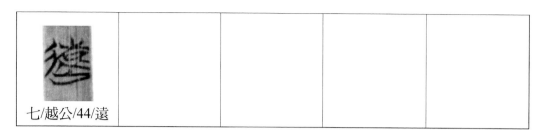				
七/越公/44/遠				

《說文・卷六・員部》：「　，物數也。从貝口聲。凡員之屬皆从員。　，籀文从鼎。（王權切）」《說文・卷六・口部》：「　，圜全也。从口員聲。讀若員。（王問切）」甲骨文作　（《合集》20592）、　（《合集》10978）。金文作：　（員父尊）、　（《員作父壬尊》），林義光在《文源》第 170 頁釋形作：「从口从鼎，實圓之本字。○，鼎口也，鼎口圓象。」

442　予

偏　旁				
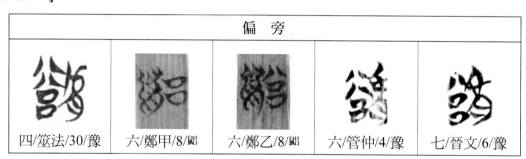				
四/筮法/30/豫	六/鄭甲/8/䛥	六/鄭乙/8/䛥	六/管仲/4/豫	七/晉文/6/豫

《說文・卷四・予部》：「　，推予也。象相予之形。凡予之屬皆从予。」甲骨文並無「予」字形體。金文「予」寫作：　（《鮇予鐘》），「豫」字從「予」寫作　（《蔡侯鐘》）。何琳儀認為「予」字「從呂，八為分化符號，呂亦聲。」〔註 468〕

443　厶

單　字				
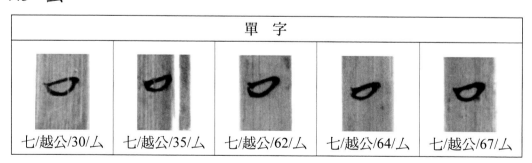				
七/越公/30/厶	七/越公/35/厶	七/越公/62/厶	七/越公/64/厶	七/越公/67/厶

〔註 468〕何琳儀：《戰國古文字典》，頁 567。

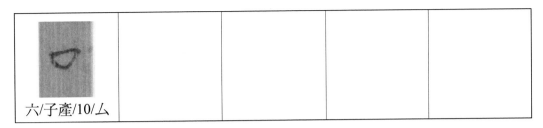六/子產/10/厶				

　　《說文・卷九・厶部》：「姦衺也。韓非曰：『蒼頡作字，自營為厶。』凡厶之屬皆从厶。」甲骨文以及戰國以前的金文中尚未有可以確釋為「厶」字的形體。「厶」字的形體來源待考。何琳儀認為，「厶」字與「口」字或許為一字之分化。〔註469〕

〔註469〕何琳儀：《戰國古文字典》，頁1278。

五十一、存　疑

444　关

單　字				
六/子儀/2/关				

偏　旁				
六/管仲/1/笑	六/管仲/1/笑	六/管仲/2/笑	六/管仲/3/笑	六/管仲/3/笑
六/管仲/3/笑	六/管仲/5/笑	六/管仲/6/笑	六/管仲/7/笑	六/管仲/7/笑
六/管仲/8/笑	六/管仲/10/笑	六/管仲/11/笑	六/管仲/12/笑	六/管仲/14/笑
六/管仲/14/笑	六/管仲/16/笑	六/管仲/17/笑	六/管仲/20/笑	六/管仲/21/笑
六/管仲/24/笑	六/管仲/24/笑	六/管仲/27/笑	六/管仲/28/笑	六/管仲/30/笑

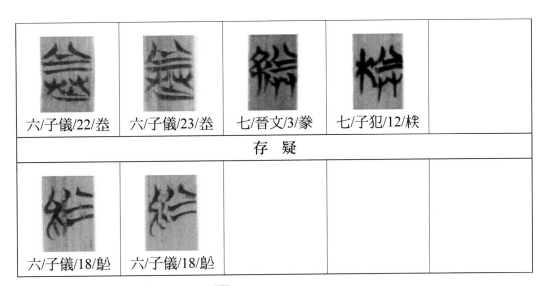

六/子儀/22/卷	六/子儀/23/卷	七/晉文/3/豢	七/子犯/12/楘	
存　疑				
六/子儀/18/塍	六/子儀/18/塍			

《說文・卷三・廾部》：「，摶飯也。从廾釆聲。釆，古文辨字。讀若書卷。」甲骨文未見「关」字，金文從「关」的字：𦉢（《魯少司寇盤》），𥂁（《中子化盤》）。「关」字本義待考，形體與「朕」相近。

445　舁

單　字				
五/命訓/11/朕	五/命訓/14/朕	五/命訓/12/倂	五/命訓/1/懲	六/子產/25/悆
六/子產/21/麤	五/封許/8/朕			

《說文・卷八・舟部》：「𦩻，我也。闕。」甲骨文形體寫作：𦩻（《庫》1397），𦩻（《屯南》2119），𦩻（《甲》1500）。金文形體寫作：𦩻（《臣諫簋》），𦩻（《天亡簋》）。「朕」字的本義可能為填補船縫。引申為縫隙、朕兆。

〔註470〕

〔註470〕季師旭昇：《說文新證》，頁685。

446　匕

偏　旁				
四/筮法/2/牝	五/命訓/15/扗	六/鄭武/1/扗	六/鄭武/11/扗	四/筮法/61/此
五/命訓/11/此	五/命訓/13/此	五/湯丘/2/此	五/湯丘/8/此	五/湯丘/10/此
五/湯丘/16/此	五/湯門/13/此	五/湯門/14/此	五/湯門/15/此	五/湯門/15/此
五/湯門/15/此	五/湯門/16/此	五/湯門/16/此	五/湯門/17/此	五/湯門/17/此
五/湯門/17/此	五/湯門/20/此	六/管仲/24/此	六/管仲/25/此	六/子產/3/此
六/子產/4/此	六/子產/7/此	六/子產/9/此	六/子產/11/此	六/子產/14/此
六/子產/18/此	六/子產/23/此	六/子產/25/此	六/子儀/6/此	七/子犯/6/此

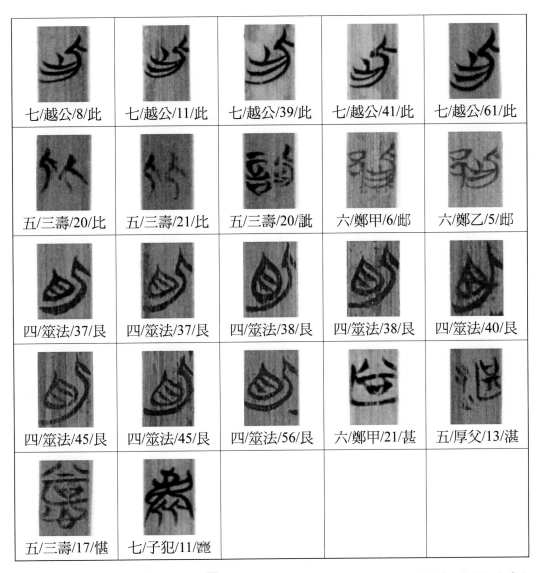

七/越公/8/此	七/越公/11/此	七/越公/39/此	七/越公/41/此	七/越公/61/此
五/三壽/20/比	五/三壽/21/比	五/三壽/20/訨	六/鄭甲/6/邖	六/鄭乙/5/邖
四/筮法/37/艮	四/筮法/37/艮	四/筮法/38/艮	四/筮法/38/艮	四/筮法/40/艮
四/筮法/45/艮	四/筮法/45/艮	四/筮法/56/艮	六/鄭甲/21/甚	五/厚父/13/湛
五/三壽/17/慛	七/子犯/11/麀			

《說文・卷八・匕部》：「⿰，相與比敘也。从反人。匕，亦所以用比取飯，一名柶。凡匕之屬皆从匕。」《說文・卷八・比部》：「⿰，密也。二人為从，反从為比。凡比之屬皆从比。⿰，古文比。」學者舊釋「匕」為象形字，象取食的器具。但從戰國文字來看，「匕」形體來源可能並不單一，或許包括「比」。「比」、「匕」二字形體相近，戰國時已經混淆。

　　卜辭中用於「先妣」的「妣」從「人」寫作：⿰（《合集》19886），「妣」和「比」的一半比較類似⿰（《合集》27926），而不像是作為餐具的「匕」。西周金文中餐具青銅匕上的自名字形寫作：⿰（《仲冉父匕》），形體同人形近似，但明顯把不從人。「艮」字甲骨形體寫作：⿰（《菁》1），下部從人，但楚簡中已經寫作從「匕」：⿰（《筮法》56）。「妣」與「匕」或許在戰國簡中混同，二者已經較難區分，姑且存疑。

447 旨

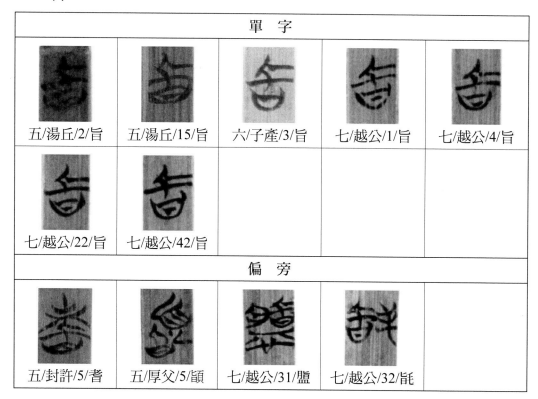

單 字				
五/湯丘/2/旨	五/湯丘/15/旨	六/子產/3/旨	七/越公/1/旨	七/越公/4/旨
七/越公/22/旨	七/越公/42/旨			
偏 旁				
五/封許/5/耆	五/厚父/5/頠	七/越公/31/鹽	七/越公/32/�	

　　《說文・卷五・旨部》：「▨，美也。从甘匕聲。凡旨之屬皆从旨。▨，古文旨。」甲骨文形體寫作：▨（《合集》248 正），▨（《合集》5637 正）。金文形體寫作：▨（《旨鼎》），▨（《上曾大子鼎》）。學者對於「旨」字的構形解說存在分歧，何琳儀指出：「甲骨文作▨（乙1054）。從口，從匕，會以勺進食甘美之意。匕亦聲。」〔註471〕季師認為「旨」字從「人」不從「匕」：「從人、從口，會人口所嗜——甘美之意。」〔註472〕「旨」字從「人」還是從「匕」，難以定論，姑且存疑。

448 卓

單 字				
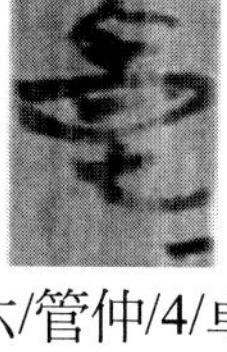 六/管仲/4/卓				

〔註471〕何琳儀：《戰國古文字典》，頁 1288。
〔註472〕季師旭昇：《說文新證》，頁 397。

《說文·卷八·匕部》：「，高也。早匕為卓，匕卪為印，皆同義。，古文卓。」甲骨文從「卓」的字寫作：（《粹》1160）。金文「卓」寫作：（《九年衛鼎》），（《卓林父簋》）。對於卓字的構形本意，學者多有討論，但均有未安。季師以為字上「匕」為聲化，〔註473〕何琳儀以為字上為「刀」聲，下部或為「早」、或為「易」。〔註474〕

449　丂

單　字				
 五/三壽/18/丂	 五/三壽/22/丂			
偏　旁				
 六/鄭武/8/老	 六/管仲/25/孝			
混　形				
 五/命訓/2/聖				

《說文·卷五·丂部》：「，气欲舒出。勹上礙於一也。丂，古文以為亏字，又以為巧字。凡丂之屬皆从丂。」甲骨文形體寫作：（《合集》228），（《合集》36777）。金文形體寫作：（《散氏盤》），（《仲冉父簋》）。「丂」字或從「老」字形中析出分化，本意或為拐杖之形。

<hr>

〔註473〕季師旭昇：《說文新證》，頁647。
〔註474〕何琳儀：《戰國古文字典》，頁308。

450 可

單 字				
五/湯丘/2/可	五/湯丘/3/可	五/湯丘/6/可	五/湯丘/9/可	五/湯丘/10/可
五/湯丘/12/可	五/湯丘/15/可	五/湯門/2/可	五/湯門/2/可	五/湯門/2/可
五/湯門/2/可	五/湯門/5/可	五/湯門/5/可	五/湯門/11/可	五/湯門/14/可
五/湯門/18/可	五/湯門/19/可	五/湯門/21/可	五/厚父/8/可	五/厚父/9/可
五/三壽/2/可	五/三壽/2/可	五/三壽/2/可	五/三壽/2/可	五/三壽/4/可
五/三壽/4/可	五/三壽/4/可	五/三壽/4/可	五/三壽/6/可	五/三壽/6/可
五/三壽/6/可	五/三壽/6/可	五/三壽/13/可	五/三壽/13/可	五/三壽/13/可

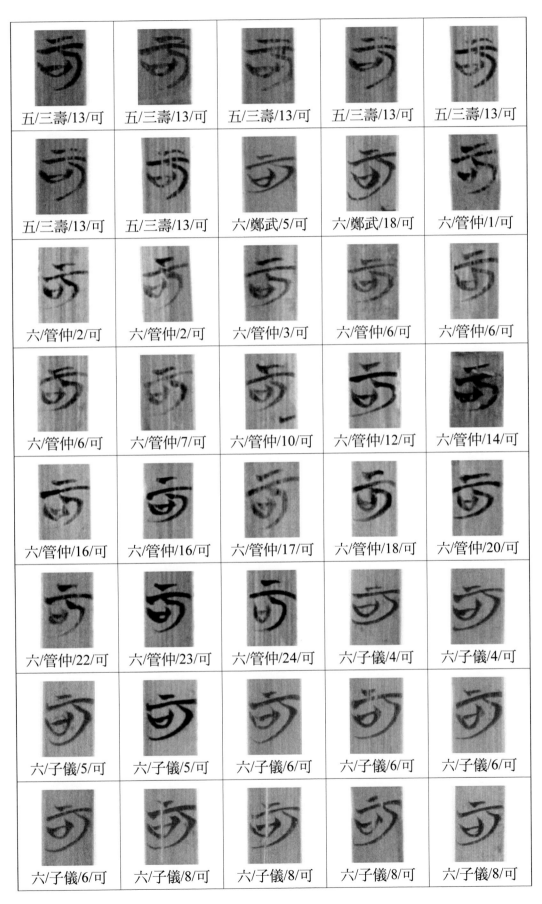

五/三壽/13/可	五/三壽/13/可	五/三壽/13/可	五/三壽/13/可	五/三壽/13/可
五/三壽/13/可	五/三壽/13/可	六/鄭武/5/可	六/鄭武/18/可	六/管仲/1/可
六/管仲/2/可	六/管仲/2/可	六/管仲/3/可	六/管仲/6/可	六/管仲/6/可
六/管仲/6/可	六/管仲/7/可	六/管仲/10/可	六/管仲/12/可	六/管仲/14/可
六/管仲/16/可	六/管仲/16/可	六/管仲/17/可	六/管仲/18/可	六/管仲/20/可
六/管仲/22/可	六/管仲/23/可	六/管仲/24/可	六/子儀/4/可	六/子儀/4/可
六/子儀/5/可	六/子儀/5/可	六/子儀/6/可	六/子儀/6/可	六/子儀/6/可
六/子儀/6/可	六/子儀/8/可	六/子儀/8/可	六/子儀/8/可	六/子儀/8/可

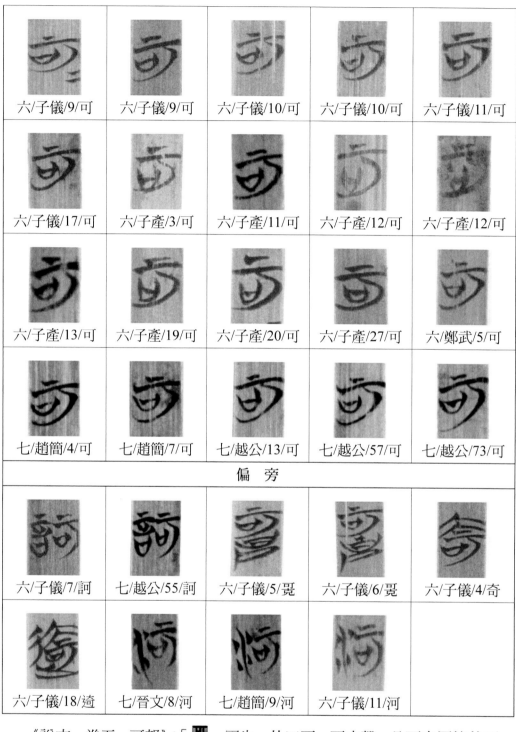

六/子儀/9/可	六/子儀/9/可	六/子儀/10/可	六/子儀/10/可	六/子儀/11/可
六/子儀/17/可	六/子產/3/可	六/子產/11/可	六/子產/12/可	六/子產/12/可
六/子產/13/可	六/子產/19/可	六/子產/20/可	六/子產/27/可	六/鄭武/5/可
七/趙簡/4/可	七/趙簡/7/可	七/越公/13/可	七/越公/57/可	七/越公/73/可
偏　旁				
六/子儀/7/訶	七/越公/55/訶	六/子儀/5/覎	六/子儀/6/覎	六/子儀/4/奇
六/子儀/18/迶	七/晉文/8/河	七/趙簡/9/河	六/子儀/11/河	

　　《說文・卷五・可部》：「，肎也。从口𠀀，𠀀亦聲。凡可之屬皆从可。」甲骨文形體寫作：可（《遮續》10），可（《甲》3324）。金文形體寫作：可（《師旂簋》）。學者或譯為「可」字所從為「丂」，或以為從「主」。說亦未定，仍可商。

451 叀

偏　旁				
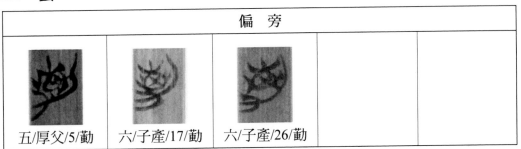				
六/管仲/6/礎	六/管仲/6/礎			

《說文·卷四·叀部》:「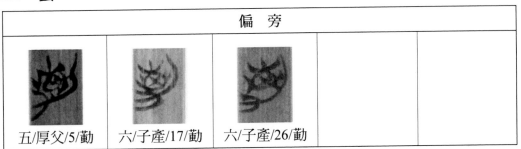，礙不行也。从叀，引而止之也。叀者，如叀馬之鼻。从此與牽同意。」甲骨文形體寫作： （《合集》28121）， （《合集》37748）， （《合集》33155）。金文形體寫作： （《叀父丁觚》）， （《尃簋》）。郭沫若釋為花蒂脫華之形。〔註475〕

452 叀

偏　旁				
五/厚父/5/勸	六/子產/17/勸	六/子產/26/勸		

《說文·卷十三·力部》:「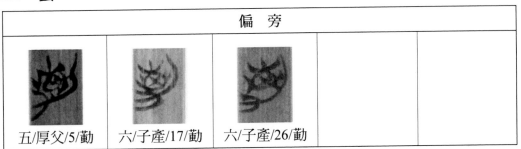，左也。从力且聲。」甲骨文形體寫作： （《合集》27997）， （《合集》8855）。金文形體寫作： （《彔伯簋》）， （《何尊》）， （《禹鼎》）。甲骨金文的「叀」字舊釋為「叀」，二字形體近似，容易混淆。楊安指出， （《諫簋》）字形的上部只有一個「屮」形，與「叀」字上部明顯不同。〔註476〕戰國文字或省略下部的「且」形，但「叀」字的構形表意尚不明確，可能為象形字。

〔註475〕季師旭昇:《說文新證》，頁 321。

〔註476〕楊安:〈「助」字補說〉，復旦網:http://www.gwz.fudan.edu.cn/Web/Show/1477，2011年 4 月 26 日。

453 白

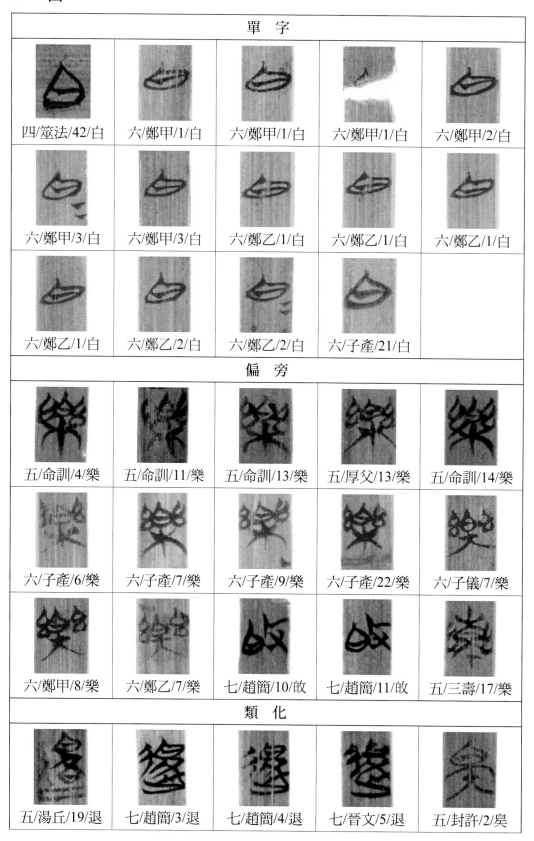

單 字				
四/筮法/42/白	六/鄭甲/1/白	六/鄭甲/1/白	六/鄭甲/1/白	六/鄭甲/2/白
六/鄭甲/3/白	六/鄭甲/3/白	六/鄭乙/1/白	六/鄭乙/1/白	六/鄭乙/1/白
六/鄭乙/1/白	六/鄭乙/2/白	六/鄭乙/2/白	六/子產/21/白	

偏 旁				
五/命訓/4/樂	五/命訓/11/樂	五/命訓/13/樂	五/厚父/13/樂	五/命訓/14/樂
六/子產/6/樂	六/子產/7/樂	六/子產/9/樂	六/子產/22/樂	六/子儀/7/樂
六/鄭甲/8/樂	六/鄭乙/7/樂	七/趙簡/10/敀	七/趙簡/11/敀	五/三壽/17/樂

類 化				
五/湯丘/19/退	七/趙簡/3/退	七/趙簡/4/退	七/晉文/5/退	五/封許/2/臭

五/厚父/4/■	六/子產/25/■	七/越公/60/退	七/越公/60/退	

《說文・卷七・白部》：「，西方色也。陰用事，物色白。从入合二。二，陰數。凡白之屬皆从白。■古文白。」甲骨文字形作：Δ（《合集》20076）。金文形體上承甲骨，變化不大，作：Δ（《伯盂》）。郭沫若：「實拇指之象形。」〔註477〕高鴻縉認為「白」字即為「貌（皃）」字初文。〔註478〕

454　廔

單　字			
五/湯丘/7/廔	六/管仲/5/廔	七/子犯/5/廔	

《說文・卷九・广部》：「■，一畝半，一家之居。从广、裏、八、土。」「廔」字在楚簡中常常通假讀為「展」，「廔」字形體的構意和形體來源未能得到解決，故而存疑。

455　萃

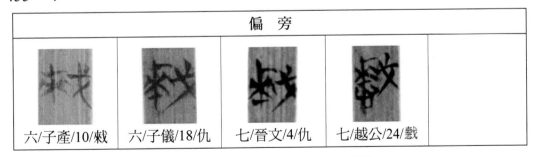

偏　旁			
六/子產/10/戕	六/子儀/18/仇	七/晉文/4/仇	七/越公/24/戕

西周金文中的■（《何尊》），■（《史牆盤》），■（《交鼎》），等字。金文中「妻」字形體寫作：■（《大盂鼎》中「敏」字所從），戰國楚簡中「妻」字寫作：「■」。陳劍根據「妻」字形體上部的演變規律，認為上舉金文字形體，

〔註477〕郭沫若：〈釋白〉《金文叢考》，頁181～182。
〔註478〕高鴻縉：《中國字例》，頁123～124。

為郭店楚簡《緇衣》簡 19 中的🅰字的金文形體。在古文獻中表示「仇」、「偶」的語義。〔註479〕

456 毌

偏　旁				
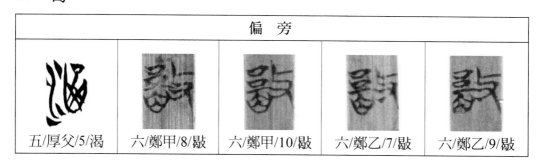				
六/子產/17/思				

《說文‧卷七‧毌部》:「毌，穿物持之也。从一橫貫，象寶貨之形。凡毌之屬皆从毌。讀若冠。」《說文‧卷七‧毌部》:「貫，錢貝之貫。从毌、貝。」金文形體寫作:𠙵(《中方鼎》)，𠦚(《晉姜簋鼎》)。季師以為,「毌」象二貝貫穿之形。〔註480〕李守奎提出:「串與毌是同源字,甚至可以說串與毌最初是同一形體分化出的變形異體,後來才分化為形、音、義各殊的不同字。」〔註481〕私意以為,李說可商。從古文字的形體來看,「貫」所從為「貝」形,與「串」所從為不同形體。二字在楚簡中的寫法也有所不同。

457 曷

偏　旁				
五/厚父/5/渴	六/鄭甲/8/戲	六/鄭甲/10/戲	六/鄭乙/7/戲	六/鄭乙/9/戲

《說文‧卷五‧曰部》:「曷，何也。从曰匃聲。」金文中從「曷」字寫作:𠆳(《叔偈父觶》),𠆳(《五祀衛鼎》),𠆳(《吳盉》)。鄔可晶以為曷從日、丐聲。戰國文字「丐」訛同「凶」,上或綴加 ▽ 形,「日」旁移至下方。〔註482〕

〔註479〕陳劍:〈據郭店簡釋讀西周金文一例〉《甲骨金文考釋論集》,頁 20～38。

〔註480〕季師旭昇:《說文新證》,頁 558。

〔註481〕李守奎:〈讀《說文》箚記一則〉《古籍整理研究學刊》,頁 69。

〔註482〕鄔可晶:〈戰國時代寫法特殊的「曷」的字形分析,並說「敫」及其相關問題〉《出土文獻與古文字研究(第7輯)》,頁 170～197。

但「曷」字構意仍待討論。

458　昆

單　字				
七/越公/68/昆				

　　《說文・卷七・日部》：「昆，同也。从日从比。」甲骨文未見「昆」字形體，金文寫作：（《昆庀王鐘》），（《昆君鼎》）。戰國璽印中的「昆」字承襲金文形體寫作：（《璽彙 5311》），與楚簡文字中的「昆」字寫法有所不同。楚文字的形體或許另有源頭。楚簡中的「昆」字李家浩根據《汗簡》古文釋出。〔註483〕對於釋形，黃德寬、徐在國指出：字或從「臼」，「云」聲。〔註484〕說仍可商，構形與本義還有待討論。

459　𡴋

偏　旁				
五/命訓/3/謹	五/命訓/3/謹	四/別卦/5/攲		

　　《說文》無「𡴋」字，此一偏旁只見於「徵」字的中部。《說文・卷八・壬部》：「徵，召也。从微省，壬為徵。行於微而文達者，即徵之。，古文徵。」甲骨文作（《存》667）、（《簠雜》58）。金文作（《小子夫尊》徵偏旁）、（《公史徵簋》）。裘錫圭認為，字𡴋象背部有腓子之刀形，即「𡴋」字。〔註485〕

〔註483〕李家浩：〈楚墓竹簡中的「昆」字及從「昆」之字〉《中國文字（新 25 期）》。
〔註484〕黃德寬、徐在國：〈郭店楚簡文字續考〉《江漢考古》1999 年第 2 期，頁 75。
〔註485〕裘錫圭：〈古文字釋讀三則〉《裘錫圭學術文集（卷三）》，頁 431。

460　巳

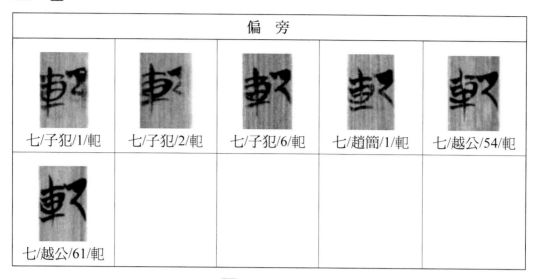

偏　旁				
七/子犯/1/軋	七/子犯/2/軋	七/子犯/6/軋	七/趙簡/1/軋	七/越公/54/軋
七/越公/61/軋				

　　《說文‧卷十四‧車部》：「█，範軷也。从車，笵省聲。讀與犯同。」古文字未見「巳」字的單字，構形與本意仍待討論。

461　畣

單　字			
四/筮法/32/畣			
偏　旁			
五/三壽/9/讀	六/子儀/13/續		
通　用			
六/子儀/9/追	六/子儀/17/歸	六/子儀/18/歸	六/子儀/19/歸	六/子儀/19/歸

七/晉文/5/師	七/晉文/5/師	七/晉文/6/師	七/晉文/6/師	七/晉文/6/師
七/晉文/8/師				
合　文				
四/別卦/4/歸妹				

　　《說文・卷四・目部》：「▨，目順也。从目坴聲。一曰敬和也。▨，古文睦。」戰國文字中的「賣」字上部或許是從「睦」字古文。《筮法》簡32中的字，原考釋以為「眚」，本文懷疑也是「睦」字古文。古文「睦」字形體，學者或以為從「▨」形而來，本文以為說仍可商。「▨」形在「師」字中同「𠂤」互用，或許為「𠂤」字繁體。

462　匹

單　字				
五/封許/6/匹				

　　《說文・卷十二・匸部》：「▨，四丈也。从八、匸。八揲一匹，八亦聲。」甲骨文形體寫作：▨（《林》2.26.7.），▨（《後》2.18.8）。金文形體寫作：▨（《䚗鼎》），▨（《戎生編鍾》），▨（《史牆盤》）。甲骨文形體為馬匹的計量單位，但本意不詳。〔註486〕

〔註486〕季師旭昇：《說文新證》，頁874。

463 平

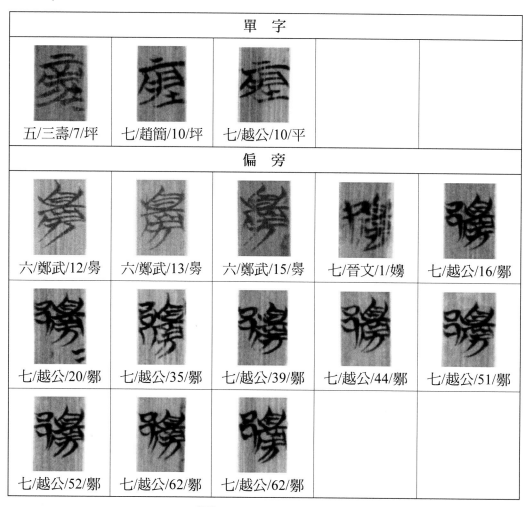

單 字				
五/三壽/7/坪	七/趙簡/10/坪	七/越公/10/平		
偏 旁				
六/鄭武/12/雩	六/鄭武/13/雩	六/鄭武/15/雩	七/晉文/1/嫦	七/越公/16/鄩
七/越公/20/鄩	七/越公/35/鄩	七/越公/39/鄩	七/越公/44/鄩	七/越公/51/鄩
七/越公/52/鄩	七/越公/62/鄩	七/越公/62/鄩		

　　《說文・卷八・亏部》:「 ，語平舒也。从亏从八。八，分也。爰禮說。」甲骨文中未見可以確釋為「平」字的形體，金文中的「平」字寫作：（《平安君鼎》），（《郜公平侯鼎》）。林澐先生曾提出，古文字中的「﹁」形和「日」形會演變為「目」。〔註487〕魏宜輝指出，楚簡中的「平」字即是從《平安君鼎》中的字形演變而來。〔註488〕

包2・184　　　　包2・83　　　　　秦王鐘

〔註487〕林澐:〈釋古璽中從「朿」的兩個字〉《古文字研究（第19輯）》，頁468。
〔註488〕魏宜輝:《楚系簡帛文字形體訛變分析》，頁91。

464 豈

偏　旁				
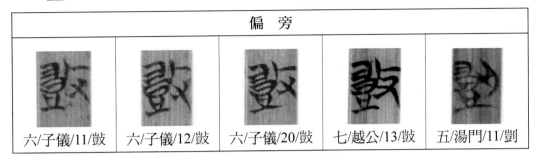				
六/子儀/11/敳	六/子儀/12/敳	六/子儀/20/敳	七/越公/13/敳	五/湯門/11/剴

　　《說文・卷五・豈部》:「(圖)，還師振旅樂也。一曰欲也，登也。从豆，微省聲。凡豈之屬皆从豈。」「豈」在出土文獻中多使用反問語辭，但字形的構形與本意，還有待討論。

465 聑

單　字				
(圖) 六/子產/26/聑				
偏　旁				
(圖) 六/子儀/9/𥛾				

　　《說文・卷二・口部》:「(圖)，聶語也。从口从耳。《詩》曰:『聑聑幡幡。』」《說文・卷十二・手部》:「(圖)，擩也。从手聑聲。一曰手箸胷曰揑。」甲骨文中原有(圖)（《佚》518背），禤健聰提出:「『祝』字所從有二體，或作跪形若(圖)，或象以手著胸若(圖)，跪拜也是祝，揑手也是祝，不同的取義角度表達同一個詞。」〔註489〕但將(圖)字解釋為「祝」並沒有根據，沈培有文章討論。〔註490〕「聑」字當存疑。

〔註489〕禤健聰:〈楚簡文字與《說文》互證舉例〉《許慎文化研究》，頁315～316。
〔註490〕沈培:〈說古文字裏的『祝』及相關字〉《簡帛（第2輯）》，頁19～28。

466 淺

偏　旁				
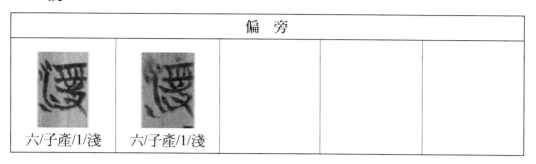				
六/子產/1/淺	六/子產/1/淺			

　　古文字中的「察」、「淺」、「竊」字上部形體較為近似，但形體來源與構形尚未能解決，故而存疑待考。

467 睿

偏　旁				
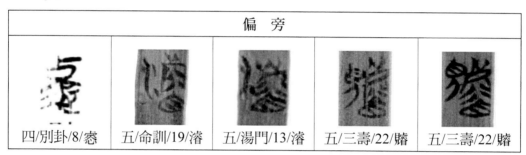				
四/別卦/8/悆	五/命訓/19/濬	五/湯門/13/濬	五/三壽/22/賭	五/三壽/22/賭

　　《說文‧卷四‧叡部》：「叡，深明也。通也。从叡从目，从谷省。睿，古文叡。壑，籀文叡从土。」季師對「睿」字的構形提出：「『睿』可以分析從步∧，步，殘也，∧象水敗貌，全字會疏通水道的意思。」〔註491〕卜辭中有「叀」字，字形寫作：（《合集》36959）。此字用作地名，本文懷疑是「睿」字的甲骨文形體。

468 巳

單　字				
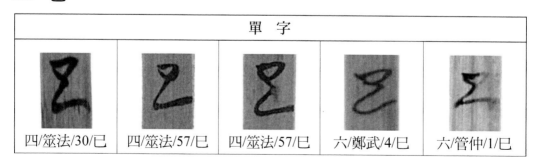				
四/筮法/30/巳	四/筮法/57/巳	四/筮法/57/巳	六/鄭武/4/巳	六/管仲/1/巳

〔註491〕季師旭昇主編：《〈清華大學藏戰國竹簡（肆）〉讀本》，頁217。

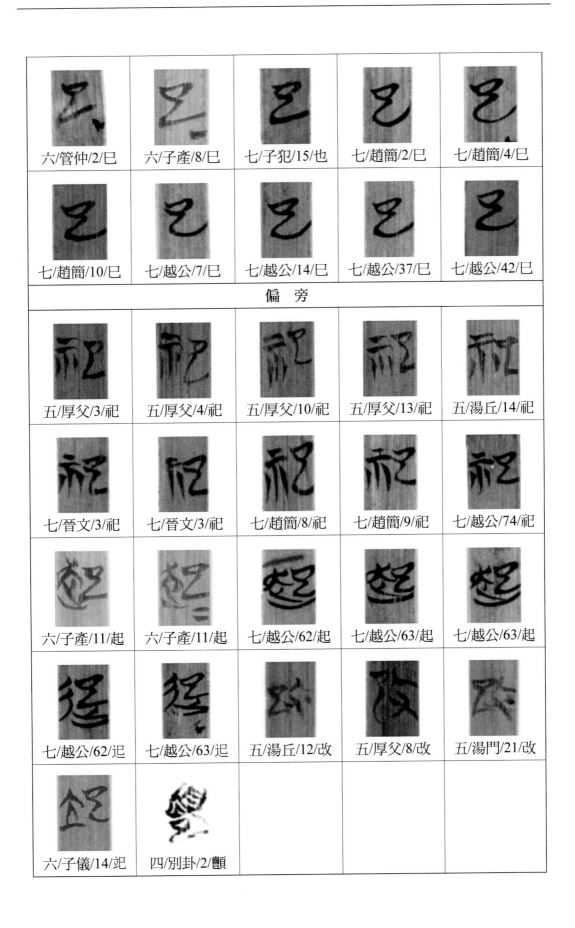

六/管仲/2/巳	六/子產/8/巳	七/子犯/15/也	七/趙簡/2/巳	七/趙簡/4/巳
七/趙簡/10/巳	七/越公/7/巳	七/越公/14/巳	七/越公/37/巳	七/越公/42/巳

偏　旁

五/厚父/3/祀	五/厚父/4/祀	五/厚父/10/祀	五/厚父/13/祀	五/湯丘/14/祀
七/晉文/3/祀	七/晉文/3/祀	七/趙簡/8/祀	七/趙簡/9/祀	七/越公/74/祀
六/子產/11/起	六/子產/11/起	七/越公/62/起	七/越公/63/起	七/越公/63/起
七/越公/62/迟	七/越公/63/迟	五/湯丘/12/改	五/厚父/8/改	五/湯門/21/改
六/子儀/14/邔	四/別卦/2/顫			

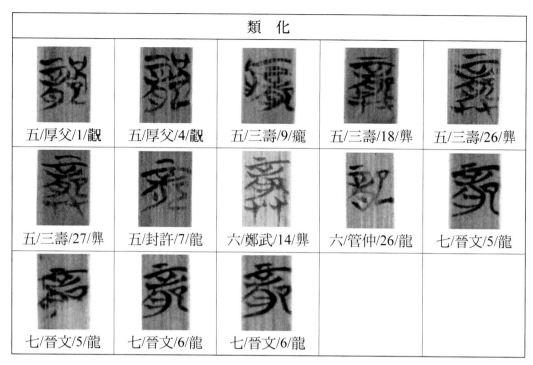

類 化				
五/厚父/1/觀	五/厚父/4/觀	五/三壽/9/龐	五/三壽/18/龏	五/三壽/26/龏
五/三壽/27/龏	五/封許/7/龍	六/鄭武/14/龏	六/管仲/26/龍	七/晉文/5/龍
七/晉文/5/龍	七/晉文/6/龍	七/晉文/6/龍		

《說文・卷十四・巳部》：「，巳也。四月，陽气巳出，陰气巳藏，萬物見，成文章，故巳為蛇，象形。凡巳之屬皆从巳。（詳里切）」甲骨文作（《鐵》263.4）、（《京津》943）。金文作（《盂鼎》）、（毛公厝鼎）。何琳儀謂「象爬蟲之形。」〔註492〕季師認為「《說文》謂巳為它（虫）象形，二字或本為一字之分化，或巳即虫之假借，如旬假雲，乙假⟋之例是也。」〔註493〕說均可商，尚無定論。《趙簡子》中簡二與簡四的兩個「巳」字讀為「矣」。

469 毛

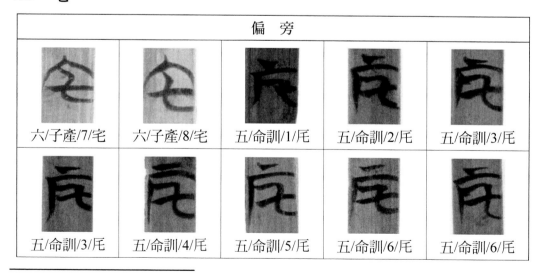

偏 旁				
六/子產/7/宅	六/子產/8/宅	五/命訓/1/厇	五/命訓/2/厇	五/命訓/3/厇
五/命訓/3/厇	五/命訓/4/厇	五/命訓/5/厇	五/命訓/6/厇	五/命訓/6/厇

〔註492〕何琳儀：《戰國古文字典》，頁63。
〔註493〕季師旭昇：《說文新證》，頁360。

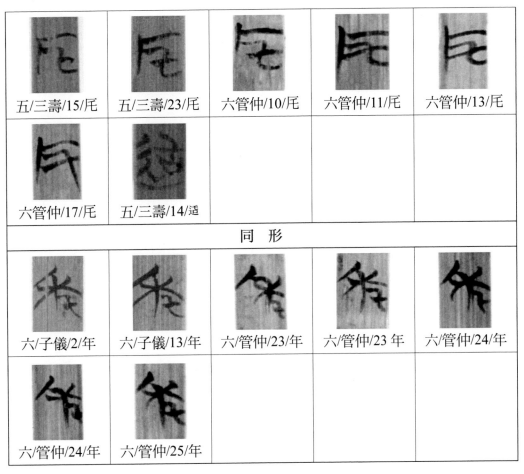

五/三壽/15/氒	五/三壽/23/氒	六/管仲/10/氒	六/管仲/11/氒	六/管仲/13/氒
六/管仲/17/氒	五/三壽/14/遁			
同　形				
六/子儀/2/年	六/子儀/13/年	六/管仲/23/年	六/管仲/23 年	六/管仲/24/年
六/管仲/24/年	六/管仲/25/年			

　　《說文・卷六・丰部》：「丰，艸葉也。从垂穗，上貫一，下有根。象形。凡丰之屬皆从丰。」甲骨文字中，有丰（《合集》8280），丰（《合集》22657），丰（《合集》29015）。金文「宅」字從「丰」，字形寫作：宅（《小臣宅鼎》）；其中所從為「丰」形，金文字例另見：宅（《秦公簋》）。對於「丰」字，于省吾釋形作：「丰為丰字的初文。……丰字的造字本意，只有存疑待考甲骨文的丰字孳乳為舌，袺，均應讀為砒，……典籍通假作礫。」〔註494〕趙平安利用戰國文字材料提出：「作為用牲之法，丰，舌，袺都應該讀為刮。刮從刀，昏聲，有『刮削』（《廣韻・轄韻》）的意思。《三國志・關羽傳》『當破臂作創，刮骨去毒』，用即此。卜辭刮的用法與割相近。也許應當直接讀為割。袺作為祭名，屬於陳夢家先生指出的那種『以所祭之法為名者』，與寮、曹等類同。」趙文將舌字的演進序列勾勒如下：

　　　　舌（甲骨文）───舌（金文話字偏旁）───舌（金文）───舌（小篆）

〔註494〕于省吾：《甲骨文字釋林》，頁168～171。

470 凶

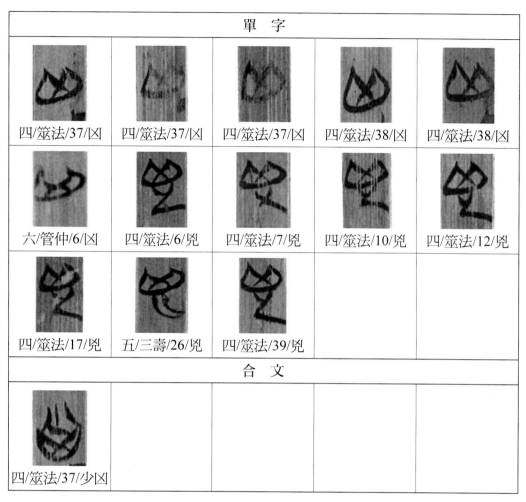

單 字				
四/筮法/37/凶	四/筮法/37/凶	四/筮法/37/凶	四/筮法/38/凶	四/筮法/38/凶
六/管仲/6/凶	四/筮法/6/兇	四/筮法/7/兇	四/筮法/10/兇	四/筮法/12/兇
四/筮法/17/兇	五/三壽/26/兇	四/筮法/39/兇		
合 文				
四/筮法/37/少凶				

　　《說文·卷七·凶部》:「▨,惡也。象地穿交陷其中也。凡凶之屬皆从凶。」《說文·卷七·凶部》:「▨,擾恐也。从人在凶下。《春秋傳》曰:『曹人兇懼。』」《說文·卷五·夂部》:「▨,斂足也。鵲鵙醜,其飛也夋。从夂兇聲。」甲骨卜辭中有▨(《合集》27279)字,丁山釋為「兇」,〔註495〕陳夢家《殷虛卜辭綜述》從之。其形本義不詳。

　　戰國文字「兇」字從「卩」,或許源自甲骨文。「兇」字或省略下部的「卩」形寫作「凶」。何琳儀以為「凶」字從「凵(坎)」、「乂」(「五」的初文)。「乂」有不順、牾逆的語義,表示坎坷凶惡之意。〔註496〕從戰國文字形體來看,「凶」可能為「兇」的省形或分化字,構形或許並不能表示本意。因而何琳儀對「凶」形體的解讀可能無法成立。鑒於甲骨文▨字的釋讀仍有爭議,我們認為「凶」、

　　〔註495〕丁山:《中國古代宗教與神話》,頁39。
　　〔註496〕何琳儀:《戰國古文字典》,頁405。

「兒」二字的本義可能還需要進一步的研究。穩妥起見，將「凶」字單獨置為一個字根。

471　斻

偏　旁				
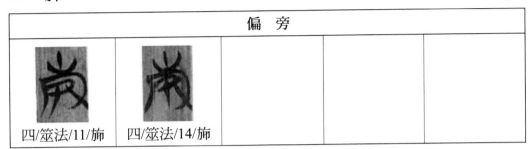				
四/筮法/11/斻	四/筮法/14/斻			

　　「斻」字吳振武先生釋為彤沙之沙初文，可讀為「也」。〔註497〕金文中帶彤沙裝飾的戈形寫作：（《金文編》820頁）。其所裝飾的垂穗即「彤沙」。戰國文字寫作：（《侯馬盟書》一八五：九），（《中山王鼎》）。

〔註497〕吳振武：〈試說平山戰國中山王墓銅器銘文中的「斻」字〉《中國文字學報（第 1 輯）》，頁 73。

第三章　釋字成果

一、「稷」字或從「囟」而非「田」，上部的「田」形當為「囟」變體

　　楚簡中的「稷」、「禝」或從「示」或從「禾」，二者在字義上並無區別。楚簡中「稷（禝）」字形體多變，但基本從「田」形。但「畟」字從「田」，於構形難以解釋。本文推測「畟」所從「田」當為「囟」變形，「囟」表聲。

　　筆者大致搜集了一下，「稷（禝）」字在戰國文字中大致存在以下幾種寫法：

A：《新蔡葛陵楚簡零‧三三八》

《新蔡葛陵楚簡乙‧四‧九○》

B：《清華一‧祭公》簡 13

《上博八‧王居》簡 5

C：《子禾子釜》

D：《上博二‧容成氏》簡 28

《清華陸‧鄭武夫人規孺子》簡 11

E：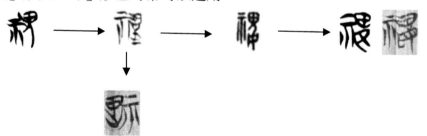《上博七‧吳命》簡 5

F：《上博五‧姑成家父》簡 3

G：《郭店‧六德》簡 22

　　戰國文字中的「畟」字寫法雖然從「人」、「卪」、「女／毋」、「止」各有不同，但上部通常都寫作「田」形。對於「畟」字的形體演變和字意，徐在國引丁佛言意見並提出：「實際上較早對『稷（禝）』字形體做出正確分析的應該是丁佛言先生，他說：『禝：子禾子釜右從畟。畟，從田、從人、從夂。此下從中，為夂之訛。金文屢見，或謂從女，誤。』古文字中常常在『人』形下加『止』，『止』形上移，遂與『女』形近而訛。丁佛言先生所說是完全正確的。」〔註1〕除去以上 F、G 兩種字形的形體解釋仍無定論之外，我們認為丁、徐二位先生對「稷（禝）」字形體演變的分析是正確可從的。古文字於人形下增加「止」形或「夂」形，再進一步上移變為「女」形的形體研究，可以參考張桂光〈古文字義近形旁通用條件的探討〉。〔註2〕依照他們的意見，我們可以大致將「禝」字的形體演進規律進行一下簡單的梳理：A 類「畟」形從「田」從「人」，楚文字中「人」、「卪」常常可以互用，累增「止」形後成為 B 形。B 形或省略「人」形寫作 E。A 形或累增「夂」旁寫作 C 形。C 形逐步演變為 D 形。而楚文字中的「女」形與「母」形也時常可以通用。

　　《說文》「稷」字重文字形寫作，與上揭字例 A 形同。從字形的演變來看，字形 A 似乎可以視作「稷（禝）」字較為初始的形體。筆者搜集最早的「畟」字形體為（《伯克父盨》甲），字形與《新蔡簡》與《說文》重文形體相合。

　　我們找到了較早的「畟」字形體，但對「畟」字的字音與字義，還需要進

〔註1〕徐在國：〈上博五「稷」字補說〉《清華簡研究（第1輯）》，第235～254頁。
〔註2〕張桂光：〈古文字義近形旁通用條件的探討〉《古文字研究（第19輯）》，頁581。

一步討論。「稷（禝）」字在文獻中主要用於「社稷」一詞或「后稷」名稱，似與谷神相關，經過同季師討論、由季師提示，「畟」字上部的「田」形可能是「囟」的變體，「稷（禝）」字或許從「囟」得聲。〔註3〕「囟」字為心母真部字，而「稷」為心母職部字。兩字聲母俱為齒頭音，而真部同職部韻部也較近。復旦大學讀書會曾指出：「真、職二部關係密切。職部是蒸部的入聲，真、蒸二部時常相通。」〔註4〕而對於「真」、「蒸」二部的通假情況，沈培有專文討論過。〔註5〕「稷」字因用為古史傳說中的人物的名字，其字為形聲字的可能性很高。其他同類字形如「堯（从垚聲）」、「舜（从以聲）」等字，均為古史傳說中的人物。字形或沒有實際的意義，為借音分化形成的字形。

　　然而，古文字所見「畟」字上部均寫作「田」形而非「囟」。本文推測：這可能與「稷（禝）」作為穀神，而「田」字同「田穀」意義更為密切，進而「畟」字在形體上發生類化的結果。古文字中「田」、「囟」互用的情況，可以參考「鬼」字。甲骨文中的鬼寫作：𤕲（《合集》137），𤕲（《合集》8592）。金文形體寫作：𤕲（《鬼壺》）。戰國時期《侯馬盟書》中「鬼」字或從田寫作：𤕲（《侯馬盟書》三・一九），齊陶文「鬼」字寫作𤕲（《陶文圖錄》2.605.4）。或從「囟」並累增「示」寫作「禬」：𤕲（陳猷簋・《集成》4190），𤕲（中山王𤕲鼎）。從字形變化上來看，甲骨、金文形體中的「鬼」字上部多從「田」形，至戰國文字中卻多寫作從「囟」。可見在字形上，二字有戶用的可能。

　　此外，古文字中的「稷（禝）」字與「鬼」字也存在訛混現象。「鬼」字很多字形上部寫作「田」，由此造成了「鬼」字同「畟」字的混淆。古文字中的「鬼」與「畟」均可以增加「示」旁，表意無別。如《新蔡簡》中的「稷」字寫作：𤕲，在字形上便很容易同《侯馬盟書》中的「鬼」𤕲與齊國陶文的「鬼」𤕲被誤視為一字。以至一些學者如黃錫全、〔註6〕何琳儀、〔註7〕黃德寬〔註8〕曾以為「稷

〔註3〕2019～2020 年冬季學期陳劍先生曾在臺北政治大學客座，筆者課下也曾向陳老師請教「稷」字的形音來源，陳老師也認為「稷」字應當從「囟」得聲。

〔註4〕復旦大學讀書會：〈攻研雜誌（三）──讀《上博（六）・孔子見季桓子》簡記（四則）〉，復旦大學出土文獻與古文字研究中心網站：http://www.gwz.fudan.edu.cn/Web/ Show/ 439，2008 年 5 月 23 日。

〔註5〕沈培：〈上博簡《緇衣》篇「卷」字解〉《新出土文獻與古代文明研究》，頁 135。

〔註6〕黃錫全：《汗簡注釋》，頁 262。

〔註7〕何琳儀：《戰國古文字典》，頁 98。

〔註8〕黃德寬主編：《古文字譜系疏證》，頁 235。

（襘）」字當從「鬼」。關於「鬼」字同「畏」字的混淆問題，具體可以參考魏宜輝〈談古文字「畏」、「鬼」之辨及相關問題〉〔註9〕一文，有詳細的討論。

二、釋《越公其事》簡四八的「收寇」

在《清華簡》第七冊中，收錄有《越公其事》一篇。本篇簡文中的第四十八簡中有一字，字形寫作：。原考釋李守奎將此字隸定作「敊」，疑此字從「賓」得聲。〔註10〕王寧據此補充到：「此字從攴宀聲，當是擯棄之『擯』的或體，古與『賓』通用」〔註11〕

古文字中的「賓」字，甲骨文字形體作：（《合集》1401），（《合集》6498），（《合集》6497），（《合集》30561）（《合集》7772）。金文（《乃孫作且己鼎》），（《二祀邲其卣》）。戰國楚簡中有「賓」字，形體寫作：（《上博七・吳命》簡05），此字復旦讀書會讀為「濱」。〔註12〕

從字形上看，《越公其事》簡文中的字左邊同「賓」相同，可以吻合。原考釋者與王寧二位學者將此字從「賓」似無問題。但若將此字釋讀為「賓」，在文意解讀上還是存在一些問題。王寧將此字釋為「賓」，對簡文解作：「《爾雅・釋詁》：『賓、協，服也』，郭璞注：『皆謂喜而服從。』邢疏：『賓者，懷德而服也。《旅獒》云：四夷咸賓。』這裡當是指從越國以外的地方前來歸附的人口，『收賓』可能是指收聚這些人，故與『匔邑』對舉，『匔（勾）邑』即『聚邑』，謂聚人而成邑。」〔註13〕《故訓匯纂》中所歸納典籍中「賓」字的主要語義分為三類：1. 作為名詞表示賓客、客人；2. 作為動詞表示賓服、歸順；3. 作為動詞表示排斥、拋棄。〔註14〕細揣王寧所舉書證，其中的「賓」

〔註 9〕魏宜輝：〈談古文字「畏」、「鬼」之辨及相關問題〉《出土文獻與古文字研究（第8輯）》，頁201～209。

〔註10〕清華大學出土文獻研究與保護中心編、李學勤主編：《清華大學藏戰國竹簡（柒）》（上海：中西書局，2017年4月），頁139。

〔註11〕王寧：〈清華簡七《越公其事》讀札一則〉，武漢大學簡帛研究中心「簡帛」網站：http://www.bsm.org.cn/show_article.php?id=2809，2017年5月22日。

〔註12〕復旦大學出土文獻與古文字研究中心研究生讀書會：〈《上博七・吳命》校讀〉，復旦大學出土文獻與古文字研究中網站：http://www.gwz.fudan.edu.cn/web/show/577，2008年12月30日。

〔註13〕王寧：〈清華簡七《越公其事》讀札一則〉，武漢大學簡帛研究中心「簡帛」網站：http://www.bsm.org.cn/show_article.php?id=2809，2017年5月22日。

〔註14〕宗福邦主編：《故訓匯纂》，頁2187。

字表示朝覲臣服的語義，用為動詞。「收」、「賓」兩詞連接，缺少賓語，無法成詞。而典籍中的「賓」在用為名詞的時候，通常指一般意義上的「賓客」，同王文所理解的「指從越國以外的地方前來歸附的人口」在意思上也有所不同。由此，對於此字的構形和語義，似乎還需要我們加以重新討論。

《越公其事》一篇文字風格多變，字形的釋讀或許還要綜合考量。

竊意以為，簡文此字從構形來看，似非從「賓」得聲，應當為「寇」字。楚文字中的「寇」字通常從「戈」，寫作 𢦏（《鄭武夫人規孺子》簡 9）。與楚文字不同，晉系文字中的「寇」有從「攴」的例子，寫作：

《侯馬盟書》九六：八

《越公其事》中有一些字形的寫法和三晉文字相同。例如程燕已經指出《越公其事》簡三五、簡四四中的「伲」字所從之「尼」的寫法，即與晉系文字相同。〔註 15〕由此，我們認為簡四八中的此字字形受到晉系文的影響，也是合理的。

但簡文此字字形作 ，為左右結構，和所舉《侯馬盟書》中的「寇」字寫法仍有區別。《侯馬盟書》中的「寇」亦有從「戈」的字形寫作：𢦏（《侯馬盟書》二〇三：二）。在其他出土文獻中，「寇」所從「戈」形有時會寫在「宀」形之外，使得文字成為左右結構。例如：

《珍秦齋藏印（戰國篇）》10

《古璽彙考》103 頁

類似這種情況，戰國文字中有一些從「宀」的字，通常會寫作上下結構，但有時「宀」形會只寫在下部結構的某一部分上面，使得文字成為左右結構。這種文字構形現象李運富稱為「調整布局」，〔註 16〕孫合肥稱為「位置轉移」，〔註 17〕在楚簡文字中已有其例。例如《包山楚簡》中的「倌」字寫作：

〔註 15〕程燕：〈清華七劄記三則〉，武漢大學簡帛研究中心「簡帛」網站：http://www.bsm.org.cn/show_article.php?id=2788，2017 年 4 月 26 日。

〔註 16〕李運富：《楚簡帛文字構形系統研究》（長沙：嶽麓書社，1997 年 10 月），頁 34。

〔註 17〕孫合肥：《戰國文字形體研究》（合肥：安徽大學博士論文，2014 年 10 月），頁 416。

《包山》二・一二五

《包山》二・一五

兩種字形分別為上下結構與左右結構，構形不同，但均為「倌」字。《上海博物館藏戰國楚竹書》第五輯中收入楚竹書《姑成家父》，其中簡一有字，依形隸定作「垍」。此字另見於三晉璽印，字形寫作：

《吉林大學藏古璽選・六》

《璽匯》0068

何琳儀將兩則璽印中的字例釋為「館」。〔註18〕結合《姑成家父》簡文語義，簡一中的亦當釋為「館」。三者構形有異，但同為「館」字。除去上文所舉兩例外，楚文字中的「宰」字從「宀」從「辛」，寫作：

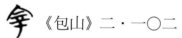《包山》二・一○二

「宰」字或累增「刀」、「刃」等意符，寫作：

《江陵天星觀一號墓遣策簡》

《包山》二・二六六

在《包山楚簡》中，「宰」字所從「刀」旁訛變為「人」形，並從「宀」形下獨立出來，使得整個文字成為左右結構：

《包山》二・三七

對照以上幾則例子，我們可以推斷《越公其事》簡四八中的字即是「寇」字。

回到簡文。簡文字前一字為「收」字。《說文》「收」字下云：「捕也。從攴丩聲。」《詩經・大雅・瞻卬》：「女反收之。」《毛傳》：「收，拘收也。」〔註19〕朱熹《集傳》：「收，拘。」〔註20〕《戰國策・楚策三》：「楚王因收昭睢

〔註18〕何琳儀：《戰國古文字典》，頁 1073。
〔註19〕〔西漢〕毛亨傳，〔東漢〕鄭玄，孔祥軍點校：《毛詩傳箋》（北京：中華書局，2018年），頁 444。
〔註20〕〔南宋〕朱熹集傳，趙長征點校：《詩集傳》（北京：中華書局，2017 年），頁 332。

以取齊。」鮑彪注：「收，捕繫之也。」〔註21〕簡文「收寇」一詞，意當為「拘捕盜寇」。「收寇」一詞亦見於《太玄經‧積》：「決欲收寇。」《越公其事》簡四八的內容屬於簡文第七章。此章內容為越王句踐省察城邑聚落，選賢任能，明令賞罰舉措。這些舉措屬於「五政」之中的「飭民」，目的是在戰後安撫民眾，重新建立穩定的社會秩序。「是以慸（勸）民，是以收寇，是以鄾（勾）邑。」則正是這一系列舉措的成果。簡四七提到：「參（三）年……又（有）賞罰，善人則由，瞀（譖）民則怀（背）。」「善人」同「瞀民」對舉，意在表達越王句踐申明律令之後，賞罰分明，好人壞人都得到了應有的對待。「收寇」或可與「瞀（譖）民則怀（背）」相對應，表示在申明法令之後，不遵守法紀的壞人都被拘捕關押。簡文意在表達盜寇被拘捕收押，社會秩序才得以恢復穩定。人民也由此得以逐步聚居形成新的城邑。

三、戰國文字「夭」字構形補說

甲骨文字有 夨 字，季師旭昇在《說文新證》中的「走」字與「夭」字下並收。季師根據龍宇純先生意見，以為：「甲骨文『夭』字，象人揮動兩手跑步之形。龍宇純以為就是『走』字（龍宇純《甲骨文金文夨字及其相關問題》），《甲編》2810：『庚申貞，其令亞夭馬□』，正用『夭』為『走』。『夭』，大徐本作於兆切，上古音屬影紐宵部，走屬精紐侯部，二字聲紐相去較遠，或甲骨文此字本可二讀，或為形義相近而借用，如『中』用為『艸』。金文或加義符『止』，『辵』，『彳』，作仲父簋或重『夭』形。戰國以後漸漸凝固為從『止』。」〔註22〕

除去季師意見之外，學者對於卜辭中的 夨 字還有一些討論。依筆者搜集所見，學者們的意見大致分為四類。第一類學者認為甲骨文中的 夨 字即「走」字。例如姚孝遂，〔註23〕劉釗〔註24〕等學者。第二類學者，以季師為代表，認為卜辭中的該字應當是「夭」，但同「走」關係密切，當是「走」字初文。

〔註21〕諸祖耿編撰：《戰國策集注匯考（增補本）》（南京：鳳凰出版社，2008年12月），頁805。

〔註22〕季師旭昇：《說文新證》，頁108，頁767

〔註23〕姚孝遂主編：《殷墟甲骨刻辭類纂‧字形總表》，頁2；姚說另見于省吾等主編：《甲骨文字詁林》，頁316～319。

〔註24〕劉釗：《新甲骨文編》，頁73。

除了季師之外，持這一說法的學者還有黃德寬先生。〔註25〕第三類學者如李宗焜先生等人認為應該存疑。《甲骨文字編》將卜辭中的字隸定作「夭」，但也在字旁標誌了符號，以示存疑。〔註26〕第四類學者認為卜辭中的 ✦ 字應當就是「夭」字。例如，林澐先生提出：

> ✦ 字應讀為「夭」，則在戰國文字中仍有明證（參看《古文字
> 譜系疏證》755～757 頁「癸」字條和從「癸」諸字）。所以古文字
> 的發現只能說明天之初文應作 ✦，象人擺臂奔走之形。今本《說文》
> 小篆作 ✦ 之形必有訛誤。《說文》說「夭，屈也，從大形」並沒有說
> 到點子上，但也未必全錯（奔走則臂腿皆曲）。」〔註27〕

林澐先生認為卜辭中的 ✦ 字當釋為「夭」，戰國文字中釋為「夭」的字，應當是卜辭 ✦ 字上增加「宀」形。卜辭中的 ✦ 字，僅見於此一條完整卜辭，對於學者看法孰是孰非，殊難判斷。但戰國文字中，出現了較為豐富的「夭」字形體。根據林文的提示，我們對戰國文字中釋為「夭」的字進行了搜集，「夭」大致有如下幾種形體：

A：（《清華六·管仲》簡 14）

B：（《清華三·良臣》簡 02）

（《上博二·子羔》12）

C：（《清華三·說命中 03》）

（《上博四·柬 02》）

D：（《安大（一）》簡 47）

E：（《睡虎地·日甲》59 背）

〔註25〕黃德寬：《古文字譜系疏證》，頁 755。

〔註26〕李宗焜：《甲骨文字編》，頁 89。

〔註27〕林澐、周忠兵：〈喜讀《新甲骨文編》〉《首屆中國文字發展論壇暨紀念甲骨文發現110 週年學術研討會論文集》，頁 130。

F： （《璽匯》0911）

（《璽匯》3774）

通過對戰國文字形體進行考察，我們不難發現林澐先生的意見很有道理。其中如上所舉《安大簡》47 的字█字，其右從「夭」。「夭」字上部同「大」形已經開始分離，上部形體已經同「宀」形非常相似，下部則同卜辭中的 ⺅ 形一致。

然而，對於戰國文字中的「夭」字構形，一些學者另有看法。董蓮池先生提出：「夭字結構應該是在像正面的人形的『大』的腋下腰部加一⺈形符號而成，也就是說它是個合體字……夭字一詞訓屈，和人體相關，造字時遂取『大』形，為避免和矢（夭培案：原文誤作『久』）字形體相混，便在『大』形腋下腰部上面加一彎曲的⺈符來表示字的『屈』也之意。」〔註28〕

陳劍先生在〈據《清華簡（伍）》的「古文虞」字說毛公鼎和殷墟甲骨文的有關諸字〉一文附錄中表示對董文意見的贊同，並且在課堂講授內容中也提到了同樣的看法：「『夭』是『要』的指示字，中間一曲筆『⺈』是指示符號，指示『腰』之所在。」〔註29〕陳劍先生認為腰間的『⺈』形當為指示符號，與董文以為『⺈』形表示屈折語義的意見略有不同。此外，趙平安先生表示對陳說的贊同：「確釋的夭字出現較晚，是在大字中部加一筆，作夭之形體，或以為腰的指事字。」〔註30〕謝明文先生也在：〈釋金文中的「釜」字〉一文中表示了相似的意見。〔註31〕

兩種觀點各有其論述，較難判斷孰是孰非。依本文來看，戰國文字中的「夭」字的釋形，還應以董說為是，是在「大」形的腰部增加指示符號。以下是本文提出的論證：

〔註28〕董蓮池：〈古文字無傾頭形「夭」字說〉《古文字研究（第 26 輯）》，頁 491～495。

〔註29〕陳劍：〈據《清華簡（伍）》的古文虞字說毛公鼎和殷墟甲骨文的有關諸字〉《古文字與古代史（第 5 輯）》，第 261～286 頁。此說 2019 年 9 月～2020 年 1 月陳劍老師在臺北政治大學客座課程中亦重申此說。

〔註30〕趙平安：〈𫎯盤及其「邞君」考〉《文字·文獻·古史學——趙平安自選集》，頁 276～286。

〔註31〕謝明文：〈釋金文中的「釜」字〉，復旦大學出土文獻與古文字研究中心網站：http://www.gwz.fudan.edu.cn/Web/Show/2045，2013 年 5 月 13 日。

首先，在戰國文字中，「大」形上部象手臂的兩筆，會彎曲類化，形體逐漸同「宀」接近，如下兩個字例：

（《筮法》簡 14）

（《管仲》簡 20）

以上兩則字例，所從「大」形上部表示雙臂的兩筆已經向下彎曲，逐步類化呈現傾向「宀」形。《管仲》簡 20 中的「亦」字形體中間，也出現了錯位和脫離的現象，上部的形體寫法已經同「宀」沒什麼區別了。從這兩則字例來看，戰國文字「大」形上部類化為「宀」形當為常態，故而「夭」字上部形體同「宀」相似，並不能判斷「夭」字不從「大」而從「宀」。

其次，曾侯乙墓 E66 衣箱上有朱書二十八星宿名。其中有█字，李零摹作：仸。同時，李零根據江蘇儀徵劉集聯營漢墓（M10）出土的二十八宿圖木板中，同星宿字形寫作█，判斷曾墓中的字形：「應釋仸，江蘇揚州儀徵劉集聯營漢墓（M10）出土的二十八宿圖木板作偠，仸應讀偠。《玉篇‧人部》：『偠，偠儺，細腰也。』偠儺是形容女子身材苗條，與窈窕、妖嬈等詞類似。」〔註 32〕

曾墓仸字右部形體當為類化為「宎」形的「夭」字省略「宀」形後的寫法。古文字時常省略「宀」形，字例較多。曾墓與劉集聯營漢墓中的兩則字例較為重要，「仸」、「偠」二字構成異文關係。「要」字的本義為腰部，通過這則異文，我們可以知道「夭」字的本意也很有可能是表示「腰部」。這便為「夭」字「是在大字中部加一筆，作夬之形體，或以為腰的指事字。」的觀點提供了較為有利的證據。

此外，我們還有一個問題需要解決。通常，指示符號只是橫筆，但「夭」字指示符號為一曲筆，較為特殊。我們認為這樣的寫法可能是為了同戰國文字的其他文字相區別。「夭」最初的指示符號，可能也是寫作一橫筆。如謝明文先生舉出釱（《叔弓鎛》《集成》285）字的例子。釱字所從應當為「夭」。此外，隨州文峰塔 M1 出土春秋晚期曾侯與編鍾 A 組銘文有 字，陳劍先生認為為「沃土」合文。〔註 33〕這裡的「沃」字所從「夭」字指示符號也是橫筆。謝先

〔註 32〕李零：〈曾侯乙墓漆箱文字補證〉《江漢考古》2019 年第 5 期，頁 131。
〔註 33〕董珊：〈隨州文峰塔 M1 出土三種曾侯與編鍾銘文考釋〉，復旦大學出土文獻與古文

生提出「夭」寫作這樣的字形較容易同「矢」字發生混淆。〔註34〕此外，楚文字中的「內」字寫作：**矢**（《包山》二·一八），與「夭」字較為近似，兩字也容易造成混淆。「夭」字指示符號寫成曲筆，可能就是為了避免與其他字發生混淆。

漢代的「夭」字字形進一步發生變化。字所從「大」形上部寫成橫畫，（古文字筆畫拉直字例可參孫合肥《戰國文字形體研究》〔註35〕）。區別符號有寫作曲筆的，也有寫作橫筆的。

（東漢：《石門頌》）

（東漢：《夏承碑》）

但這樣的字形同「天」容易混淆：

（《三體石經》「有若閎夭」）〔註36〕

（《三體石經》「天滅威」）

故而「夭」字上的橫筆有時寫成一撇，以示區分，也有一些字形在右下撇筆處增加一個區別符號，也就是今文字的「夭」字字形了。

（西晉：《王濬妻華芳墓誌》）

由此，我們認為戰國文字的「夭」應當是「大」字形體在腰部增加指事符號而形成的，本意應當為一個指示字，表示腰部。

四、試論戰國文字「匕」形的兩個來源

《說文》中對「匕」字的訓釋為：「相與比敘也。從反人。匕，亦所以用比取飯，一名柶。凡匕之屬皆從匕。」根據王筠《說文句讀》的意見，「所以用比取飯」中的「用比」二字可能為衍文。〔註37〕

字研究中心網站：http://www.gwz.fudan.edu.cn/Web/Show/2339，陳先生意見見第 10 樓留言。

〔註34〕謝明文：〈釋金文中的「鎏」字〉，復旦大學出土文獻與古文字研究中心網站：http://www.gwz.fudan.edu.cn/Web/Show/2045，2013 年 5 月 13 日。

〔註35〕孫合肥：《戰國文字形體研究》（合肥：安徽大學博士論文，2014 年），頁 62～63。

〔註36〕臧克和《尚書文字校詁》認為石經作「閎天」，見氏著《尚書文字校詁》頁 452（上海教育出版社 1999 年），由此也可見「天」、「夭」二字較易混淆。

〔註37〕〔清〕王筠：《說文解字句讀》卷十五，頁 26。

　　許慎對「匕」字的字義，做出了兩項訓釋。「匕」字的第二項語義比較明確，「匕」為一種取用食物的食器，文獻中也稱為「柶」。而第一項釋義則容易讓人感到疑惑。

　　《說文》中「匕」字的這兩項語義，關聯並不緊密。那麼，許慎為什麼要在「匕」字下收錄這兩項訓釋呢？我們可以借助古文字材料加以討論。

　　對於「匕」字的第一項語義，段玉裁《說文解字注》提出：「比者、密也。敘者、次弟也。以『妣』籀作『妣』、『祉』或作『祉』、『秕』或作『秕』等求之。則『比』亦可作『匕』也。此制字之本義。今則取飯器之義行而本義廢矣。」〔註38〕

　　《說文》中的「妣」字下收有籀文字形，寫作 。正篆字所從「比」省作「匕」。段玉裁據此認為，「比」字也可以寫作「匕」形，是一字異體。而《說文》對「比」的語義解釋為：「密也。二人為從，反從為比。凡比之屬皆從比。」《說文》「匕」字「相與比敘」的語義，可能就是從「比」字來的。寫作「匕」形的「比」在文字發展過程中逐漸被「比」所取代。加之作為食器語義的「匕」使用較多，「匕」的第一項語義也就逐漸被替代，不為人知。

　　然而，段玉裁的看法也有值得推敲的地方。

　　甲骨與商代金文中的「妣」字寫作「匕」形，如：

 妣《屯》608

 妣辛，《合集》36208

　　　（戈匕辛鼎，《集成》1515）

　　在金文時期，「妣」字逐漸增加「女」旁，字所從「匕」逐漸寫成「比」：

　　　（倗作義弓妣鬲，西周早期，《集成》586）

　　　（鄬侯少子簋，春秋，《集成》4152）

　　從現有材料來看，「妣」字最初在甲骨中寫作「匕」形，直至金文，才逐步累增「女」旁。「妣」字所從「匕」也是在較晚時候才寫作「比」形。而且，甲骨文中的「妣」字，未見與表示「從比」語義的「比」字混用的情況。由

〔註38〕〔清〕段玉裁《說文解字注》，頁384。

此，「妣」字所從「匕」形與表示「從比」的「比」字，穩妥來看，似乎不應視為同字。段玉裁根據「妣」字籀文的寫法，就將「匕」同「比」視作一字異體的看法，也是不恰當的。

早期古文字中寫作「匕」形的字大致有三個。第一是食器之「匕」，第二是「比」字所從之「匕」，第三是「妣」。

我們先來簡要地討論一下作為食器的「匕」字。

段玉裁《說文解字注》「匕」字下提到：「《禮經》匕有二。匕飯、匕黍稷之匕蓋小，經不多見。其所以別出牲體之匕，十七篇中屢見。喪用桑為之，祭用棘為之。又有名疏、名挑之別，蓋大於飯匙，其形制略如飯匙。」〔註39〕

按照段玉裁的說法，古代作為食器的「匕」大致有兩種。一種形體較小，用以取用黍稷等穀物，形體類似飯匙，在先秦禮書中較為少見。而另一種匕在禮書中多有記載，以桑木、棘木做成，用以取用牲體。

類似飯匙的匕今有青銅器鑄成的出土實物，如微伯瘋匕：

圖一：微伯瘋匕，《集成》973

而另外一種以木製成的匕，因質地不易保存，今已不見。根據王恩田研究，提出：「匕的用途之一，是從鼎中取肉。其取材或以桑，或以棘——即棗木。由於木質不易保存，故難以發現其實物。但在戰國刻紋銅器圖像中，可以看到這類器物的形象。長島王溝戰國墓出土的刻紋銅盤殘片上有一組畫像，鼎右一人一手執匕，一手執豆，像是要把豆交給另一人。畫像中兩人所執匕鵝形狀略有不

〔註39〕　〔清〕段玉裁《〈說文解字注〉》，頁385。

同，鼎左一人所執的匕，上端兩歧。鼎右一人所執的匕，上端有勾。」〔註40〕

圖二：長島王溝戰國墓出土的刻紋銅盤殘片

　　從王恩田先生所舉出的戰國刻紋來看，畫面中人物所持長柄器，應當就是段玉裁提到的第二種「匕」。這一種「匕」體制較長，並在頭部設有歧叉或掛鉤，方便取用鼎中食物。考古材料與文獻記載映合，同時又與古文字字形一致。食器「匕」字，應當即是像這種器物之形。

　　我們再來看「比」字所從之「匕」。林澐先生曾經提出甲骨文「從」、「比」二形和「人」、「匕」相對應，二者區分明顯。〔註41〕「從」字從兩「人」，「比」字從二「匕」。這一種「匕」同「人」寫法相似，語義應當也與人相關。

　　「比」字所從之「匕」應當同「人」關係密切，並非食器之「匕」。此外，除了「比」字，早期古文字中也有一些以同人意義相關的「匕」作為構件的字。但因為「匕」字形體同「人」較為近似，在早期古文字中較難辨別。

　　戰國文字中的「匕」同「人」已經有著較為明顯的分別，比較容易區分。楚簡「人」字寫作：𠂉（《繫年》簡18）；「匕」字寫作：𠤎（《望山》二·四七）。一些從「匕」的古文字，其從「匕」的寫法保留在戰國文字中。

　　例如：「此」字在戰國文字中從「匕」，而在甲骨卜辭中寫作人形：

　　　　𠂔（《清華六·管仲》）簡24

　　　　𠂔（《合集》27389）

　　甲骨文「此」字從人形，何琳儀以為「此」字為「跐」字初文，即會以足

〔註40〕王恩田：〈釋匕、氏、示〉《第二屆國際中國古文字學研討會論文集》（香港中文大學，1993年），頁135。

〔註41〕林澐：〈甲骨文中的商代方國聯盟〉《林澐文集·古史卷》（上海：上海古籍出版社，2019年版），頁35～37。

蹋人之意。〔註42〕陳初生先生則以為：「以腳趾一側身人形會腳步到此停止之意。」〔註43〕

再如「艮」字，楚簡文字中的「艮」寫作：

（《清華四·筮法》）簡 37

唐蘭將卜辭中的 （《殷契菁華》19）字釋為「艮」。〔註44〕「艮」字從「匕」從「目」，字所從也應同「人」字關係密切，而非是食器「匕」。再如「頃」字，「頃」寫作：

（鑄頃鑄戈，戰國）

（《秦陶》1933）

《說文》對「頃」字的解釋是：「頭不正也。從匕從頁。臣鉉等曰：匕者，有所比附，不正也。」「頃」應為「傾」字初文，象一人傾斜頭顱之形，引申表示傾斜語義。

「頃」字從「頁」，「此」字從「止」，「艮」字從「目」。這幾個字無疑都是同人相關，字所從「匕」也絕非食器。我們從這幾個字的寫法可以推測：「比」字所從之「匕」同「人」相關，同食器之「匕」是形體相似的兩個不同的字。「比」字所從之「匕」曾經作為構件，在古文字中屢次出現。許慎在創寫《說文》的時候，可能隱約感受到了「比」字所從之「匕」作為構件應當單獨列為部首。只是「比」字所從之「匕」並未在古文字中作為單獨的字出現，難以確定字音與字義。而且，戰國時期，「比」字所從之「匕」同食器之「匕」在形體上已經難以分別。所以，許慎在創寫部首的時候，就將「比」字所從之「匕」同食器之「匕」共同列在一起了。這也就是《說文》「匕」字下出現兩項語義的原因。只是「比」字所從之「匕」的語義尚難以確定，故而許慎綜合考慮，對「匕」字的第一項語義給出了「相與比敘也」的訓解。

（《望山》二·四七）四金匕

（《楚居》）簡 3

〔註42〕何琳儀：《戰國古文字典》，頁 765。

〔註43〕陳初生：《商周古文字讀本》，頁 315。

〔註44〕唐蘭：《殷虛文字記》，頁 162～163。

我們再來看早期古文字中寫作「匕」形的「妣」字。甲骨文、商代金文中的「妣」也寫作「匕」形，語義也同人相關。只是「妣」與「比」字所從之「匕」是同一個字，二者之間是否存在引申、假借關係，限於文獻，我們尚難定論。比較穩妥的意見，還是將它們視作不同的兩個字。

甲骨卜辭與商代金文中的「妣」，形體同食器之「匕」也很相似。一些學者認為，食器之「匕」同「妣」字可能是同一個字。

郭沫若：「匕乃匕柶字之引申，蓋以牝器似匕，故以匕為妣若牝也。」〔註45〕

李孝定：「『妣』字古假『匕』為之，後乃增『女』，猶牝之增『牛』也。」〔註46〕

季師：「（匕）為又取鼎中牲體的工具……又假借為祖妣之妣。」〔註47〕

但我們認為，「比」字所從之「匕」在語義上同人相關，並且作為偏旁，在古文字中多次出現。那麼古文字中很有可能存在語義同人相關的「匕」字的獨體字。「妣」字同「比」字所從之「匕」在語義上均與人相關，兩個字之間的關係可能更加密切。「妣」同作為食器之「匕」應當並非一字，可能也並不存在假借關係。

〔註45〕郭沫若：〈釋祖妣〉《郭沫若全集·卷一》（北京：科學出版社，1982 年版），頁 19
　　　～64。
〔註46〕李孝定：《甲骨文字集釋》，2679～2682。
〔註47〕季師旭昇：《說文新證》，頁 645。

參考文獻

一、傳統典籍及學者整理注本

1. 諸祖耿：《戰國策集注匯考（增補本）》（南京：鳳凰出版社），2008 年。
2. 楊伯峻：《春秋左傳注》（北京：中華書局），2017 年。
3. 魯洪生：《詩經集校集注集評》（北京：現代出版社），2015 年。
4. 屈萬里：《尚書集釋》（臺北：聯經書局），1983 年。
5. 徐元誥：《國語集解》（北京：中華書局），2002 年。
6. 楊伯峻：《論語譯注》（北京：中華書局），2009 年。
7. 楊伯峻：《孟子譯注》（北京：中華書局），2005 年。

二、古文字著錄

1. 中國社會科學院歷史研究所編：《甲骨文合集》，（北京：中華書局），1999 年。
2. 彭邦炯主編：《甲骨文合集補編》，（北京：語文出版社），1999 年。
3. 中國社會科學院考古研究所編：《小屯南地甲骨》，（北京：中華書局），1980 年。
4. 中國社會科學院考古研究所編：《殷墟花園莊東地甲骨》，（昆明：雲南人民出版社），2003 年。
5. 中國社會科學院考古研究所編：《殷周金文集成》，（北京：中華書局），2007 年。
6. 劉雨、盧岩：《近出殷周金文集錄》，（北京：中華書局），2002 年。
7. 劉雨、嚴志斌：《近出殷周金文集錄二編》，（北京：中華書局），2010 年。
8. 吳鎮烽編：《商周青銅器銘文暨圖像集成》，（上海：上海古籍出版社），2012 年。
9. 吳補烽編：《商周青銅器銘文暨圖像集成續編》，（上海：上海古籍出版社），2016 年。

10. 武漢大學簡帛研究中心、荊門市博物館編：《楚地出土戰國簡冊合集（一）‧郭店楚墓竹書》，（北京：文物出版社），2011 年。

11. 武漢大學簡帛研究中心、河南省文物考古研究所編：《楚地出土戰國簡冊合集（二）‧葛陵楚墓竹簡　長臺關楚墓竹簡》，（北京：文物出版社），2011 年。

12. 武漢大學簡帛研究中心、湖北省博物館編：《楚地出土戰國簡冊合集（三）‧曾侯乙墓竹簡》，（北京：文物出版社），2019 年。

13. 武漢大學簡帛研究中心、湖北省文物考古研究所、黃岡市博物館編：《楚地出土戰國簡冊合集（四）‧望山楚墓竹簡　曹家崗楚墓竹簡》，（北京：文物出版社），2019 年。

14. 湖北省荊沙鐵路考古隊：《包山楚簡》，（北京：文物出版社），1991 年。

15. 湖北省文物考古研究所、北京大學中文系編：《九店楚簡》，（北京：中華書局），2000 年 5 月。

16. 馬承源主編：《上海博物館藏戰國楚竹書（一）》，（上海：上海古籍出版社），2001 年。

17. 馬承源主編：《上海博物館藏戰國楚竹書（二）》，（上海：上海古籍出版社），2002 年。

18. 馬承源主編：《上海博物館藏戰國楚竹書（三）》，（上海：上海古籍出版社），2003 年。

19. 馬承源主編：《上海博物館藏戰國楚竹書（四）》，（上海：上海古籍出版社），2005 年。

20. 馬承源主編：《上海博物館藏戰國楚竹書（五）》，（上海：上海古籍出版社），2005 年。

21. 馬承源主編：《上海博物館藏戰國楚竹書（六）》，（上海：上海古籍出版社），2007 年。

22. 馬承源主編：《上海博物館藏戰國楚竹書（七）》，（上海：上海古籍出版社），2008 年。

23. 馬承源主編：《上海博物館藏戰國楚竹書（八）》，（上海：上海古籍出版社），2011 年。

24. 馬承源主編：《上海博物館藏戰國楚竹書（九）》，（上海：上海古籍出版社），2012 年。

25. 清華大學出土文獻研究與保護中心編、李學勤主編：《清華大學藏戰國竹簡（壹）》，（上海：中西書局），2010 年。

26. 清華大學出土文獻研究與保護中心編、李學勤主編：《清華大學藏戰國竹簡（貳）》，（上海：中西書局），2011 年。

27. 清華大學出土文獻研究與保護中心編、李學勤主編：《清華大學藏戰國竹簡（叁）》，（上海：中西書局），2012 年。

28. 清華大學出土文獻研究與保護中心編、李學勤主編：《清華大學藏戰國竹簡（肆）》，（上海：中西書局），2014 年。

29. 清華大學出土文獻研究與保護中心編、李學勤主編：《清華大學藏戰國竹簡

（伍）》，（上海：中西書局），2015 年。

30. 清華大學出土文獻研究與保護中心編、李學勤主編：《清華大學藏戰國竹簡
（陸）》，（上海：中西書局），2016 年。

31. 清華大學出土文獻研究與保護中心編、李學勤主編：《清華大學藏戰國竹簡
（柒）》，（上海：中西書局），2017 年。

32. 清華大學出土文獻研究與保護中心編、李學勤主編：《清華大學藏戰國竹簡
（捌）》，（上海：中西書局），2018 年。

33. 清華大學出土文獻研究與保護中心編、李學勤主編：《清華大學藏戰國竹簡
（玖）》，（上海：中西書局），2019 年。

34. 安徽大學漢字發展與應用研究中心編、黃德寬、徐在國主編：《安徽大學藏戰國
竹簡（一）》，（上海：中西書局），2019 年。

三、文字編

1. 李宗焜：《甲骨文字編》，（北京：中華書局），2012 年。

2. 劉釗：《新甲骨文編》，（福州：福建人民出版社），2014 年。

3. 容庚編：《金文編》，（北京：中華書局），2013 年。

4. 董蓮池：《新金文編》，（北京：作家出版社），2011 年。

5. 滕壬生：《楚系簡帛文字編（增訂本）》，（武漢：湖北教育出版社），2008 年。

6. 饒宗頤主編、徐在國副主編：《上博藏戰國楚竹書字匯》，（合肥：安徽大學出
版社），2012 年。

7. 陳茜：《〈上海博物館藏戰國楚竹書（九）〉文字編》，（東北師範大學碩士學位
論文，指導教授：張世超），2014 年。

8. 李學勤主編、沈建華 賈連翔編：《〈清華大學藏戰國竹簡（壹）～（叁）〉文字
編》，（上海：中西書局），2014 年。

9. 李學勤主編、沈建華 賈連翔編：《〈清華大學藏戰國竹簡（肆）～（陸）〉文字
編》，（上海：中西書局），2017 年。

10. 湯志彪：《三晉文字編》，（北京：作家出版社），2013 年。

11. 張振謙：《齊魯文字編》，（北京：學苑出版社），2014 年。

12. 王輝：《秦文字編》，（北京：中華書局），2015 年。

13. 王愛民：《燕文字編》，（吉林大學碩士學位論文，指導教授：馮勝君），2010 年。

14. 于淼：《漢代隸書異體字表與相關問題研究》，（吉林大學博士論文，指導教授：
吳振武），2015 年。

四、學者專著與學位論文

1. 于省吾：《甲骨文字釋林》，（北京：中華書局），1979 年。

2. 于省吾主編：《甲骨文字詁林》，（北京：中華書局），1996 年。

3. 王國維：《觀堂集林》，（北京：中華書局），2004 年。

4. 王力：《漢語史稿》，（北京：中華書局），2004 年。

5. 王瑜楨：《《清華大學藏戰國竹簡（陸）》鄭國史料三篇研究》，（臺北：臺灣師範大學博士論文，指導教授：季師旭昇），2018 年。

6. 王瑜楨：《《上海博物館藏戰國楚竹書（一）～（六）》字根研究》，（臺北：淡江大學中國文學系碩士論文，指導教授：季師旭昇），2011 年。

7. 白於藍：《簡帛古書通假大系》，（福州：福建人民出版社），2017 年。

8. 朱鳳瀚：《中國青銅器綜論》，（上海：上海古籍出版社），2004 年。

9. 朱芳圃：《殷周文字釋叢》，（臺北：學生書局），1972 年。

10. 朱德熙、裘錫圭：《朱德熙古文字論集》，（北京：中華書局），1996 年。

11. 李學勤：《中國古代文明研究》，（上海：華東師範大學出版社），2004 年。

12. 李孝定：《甲骨文字集釋》，（臺北：中央研究院歷史語言研究所），1970 年。

13. 李家浩：《安徽大學漢語言文字叢書·李家浩卷》，（合肥：安徽大學出版社），2013 年。

14. 李零：《簡帛古書與學術源流》，（北京：三聯書店），2004 年。

15. 李運富：《楚國簡帛文字構形系統研究》，（長沙：嶽麓書社），1997 年。

16. 李守奎：《清華簡〈繫年〉文字考釋與構形研究》，（上海：中西書局），2015 年。

17. 李佳信：《說文小篆字根研究》，（臺北：臺灣師範大學碩士論文，指導教授：季師旭昇），2000 年。

18. 何琳儀：《戰國古文字典》，（北京：中華書局），1998 年。

19. 何琳儀：《戰國文字通論（訂補）》，（南京：江蘇教育出版社），2003 年。

20. 何景成：《甲骨文字詁林補編》，（北京：中華書局），2017 年。

21. 周何、沈秋雄、周聰俊、邱德修、莊錦津等編：《中文字根孳乳表稿》，（臺北：中央圖書館出版社），1982 年。

22. 何麗香：《戰國璽印字根研究》，（臺北：臺灣師範大學碩士學位論文，指導教授：季師旭昇），2003 年。

23. 周法高主編：《金文詁林》，（香港：香港中文大學出版社），1975 年。

24. 周法高、李孝定、張日昇編著：《金文詁林附錄》，（香港：香港中文大學出版社），1977 年。

25. 林義光：《文源》，（上海：中西書局），2012 年。

26. 林澐：《林澐文集》，（上海：上海古籍出版社），2019 年。

27. 江秋貞：《《清華大學藏戰國竹簡（柒）·越公其事》考釋》，（臺北：臺灣師範大學博士學位論文，指導教授：季師旭昇），2020 年 6 月。

28. 季師旭昇：《甲骨文字根研究》，（臺北：文史哲出版社），2003 年。

29. 季師旭昇：《說文新證》，（臺北：藝文印書館），2014 年。

30. 季師旭昇主編：《《上海博物館藏戰國楚竹書（一）》讀本》，（臺北：萬卷樓），2004 年。

31. 季師旭昇主編：《《上海博物館藏戰國楚竹書（二）》讀本》，（臺北：萬卷樓），2003 年。

32. 季師旭昇主編：《《上海博物館藏戰國楚竹書（三）》讀本》，（臺北：萬卷樓），2005 年。

33. 季師旭昇主編:《《上海博物館藏戰國楚竹書(四)》讀本》,(臺北:萬卷樓),2007年。

34. 季師旭昇主編:《《清華大學藏戰國竹簡(壹)》讀本》,(臺北:藝文印書館),2013年。

35. 季師旭昇主編:《《清華大學藏戰國竹簡(肆)》讀本》,(臺北:萬卷樓),2019年。

36. 季師旭昇、高佑仁:《《上海博物館藏贊過楚竹書(九)》讀本》,(臺北:萬卷樓),2017年。

37. 宗福邦:《故訓匯纂》,(北京:商務印數館),2004年。

38. 金宇祥:《戰國竹簡晉國史料研究》,(臺北:臺灣師範大學博士論文,指導教授季師旭昇),2019年。

39. 姚孝遂、肖丁合著:《小屯南地甲骨考釋》,(北京:中華書局),1985。

40. 高佑仁:《清華五書類文獻研究》,(臺北:萬卷樓),2018年。

41. 孫合肥:《戰國文字形體研究》,(合肥:安徽大學博士論文,指導教授:徐在國),2014年。

42. 高鴻縉:《中國字例》,(臺北:三民書局),1992年。

43. 高亨:《古字通假會典》,(濟南:齊魯書社),1989年。

44. 郭沫若:《金文叢考》,(北京:人民出版社),1954年。

45. 郭沫若:《殷契粹編》,(臺北:大通書局),1971年。

46. 郭沫若:《卜辭通纂》,(北京:科學出版社),1983年。

47. 郭錫良:《漢字古音手冊(增訂本)》,(北京:商務印書館),2010年。

48. 郭永秉:《古文字與古文獻論集》,(上海:上海古籍出版社),2011年。

49. 郭永秉:《古文字與古文獻論集續編》,(上海:上海古籍出版社),2015年。

50. 唐蘭:《天壤閣甲骨文存並考釋》,(上海:上海古籍出版社),2016年。

51. 唐蘭:《中國文字學》,(上海:上海古籍出版社),2005年。

52. 唐蘭:《古文字學導論》,(上海:上海古籍出版社),2016年。

53. 唐蘭:《殷虛文字記》,(上海:上海古籍出版社),2016年。

54. 徐中舒:《甲骨文字典》,(成都:四川辭書出版社),1988年。

55. 陳新雄:《古音研究》,(臺北:五南圖書),1999年。

56. 陳劍:《甲骨金文考釋論集》,(北京:綫裝書局),2007年。

57. 陳劍:《戰國竹書論集》,(上海:上海古籍出版社),2013年。

58. 陳嘉凌:《楚系簡帛字根研究》,(臺北:臺灣師範大學碩士論文,指導教授:季師旭昇),2002年。

59. 張世超、孫凌安、金國泰、馬如森:《金文形義通解》,(京都:中文出版社),1996年。

60. 曾憲通 陳偉武主編:《出土戰國文獻字詞集釋》,(北京:中華書局),2019年。

61. 董妍希:《金文字根研究》,(臺北:臺灣師範大學碩士論文,指導教授:季師旭昇),2001年。

62. 黃德寬主編:《古文字譜系疏證》,(北京:商務印書館),2007年。

63. 黃德寬:《古文字學》,(上海:上海古籍出版社),2019年。

64. 黃天樹：《說文解字通論》，（北京：北京大學出版社），2014 年。

65. 黃天樹：《黃天樹古文字論集》，（北京：學苑出版社），2006 年。

66. 黃澤鈞：《〈清華大學藏戰國竹簡（壹）·金縢、祭公〉研究》，（高雄：高雄師範大學碩士學位論文，指導教授：季師旭昇、蔡根祥），2013 年 1 月。

67. 楊樹達：《積微居金文說》，（上海：上海古籍出版社），2007 年。

68. 楊樹達：《積微居甲文說》，（上海：上海古籍出版社），2007 年。

69. 楊樹達：《積微居小學述林》，（上海：上海古籍出版社），2007 年。

70. 裘錫圭：《文字學概要》，（北京：商務印書館），1988 年。

71. 裘錫圭：《裘錫圭學術文集》，（上海：復旦大學出版社），2012 年。

72. 趙平安：《新出簡帛與古文字古文獻研究》，（北京：商務印書館），2008 年。

73. 趙平安：《新出簡帛與古文字古文獻研究續集》，（北京：商務印書館），2018 年。

74. 趙平安：《金文釋讀與文明探索》，（上海：上海古籍出版社），2011 年。

75. 駱珍伊：《〈上海博物館藏戰國楚竹書（七）～（九）〉與〈清華大學藏戰國竹簡（壹）～（叁）〉字根研究》，（臺北：臺灣師範大學碩士學位論文，指導教授：季師旭昇、羅師凡晸），2015 年。

76. 劉釗：《古文字構形學》，（福州：福建人民出版社），2011 年。

77. 劉釗：《郭店楚簡校釋》，（福州：福建人民出版社），2005 年。

78. 劉釗：《古文字考釋叢稿》，（長沙：嶽麓書社），2005 年。

79. 龍宇純：《中國文字學》，（臺北：五四書店），2001 年。

80. 謝維揚、朱淵清：《新出土文獻與古代文明研究》，（上海：上海大學出版社），2004 年。

81. 羅振玉：《殷虛文字類編》，（臺北：藝文印書館），1971 年。

82. 羅振玉：《增訂殷虛書契考釋》，（臺北：藝文印書館），1975 年。

83. 蘇建洲：《楚文字論集》，（臺北：萬卷樓），2011 年。

84. 蘇建洲、吳雯雯、賴怡璇：《清華二〈繫年〉集解》，（臺北：萬卷樓），2013 年。

五、單篇論文

1. 于豪亮：〈中山三器銘文考釋〉，《考古學報》，1979 年第 2 期。

2. 朱德熙、裘錫圭：〈戰國文字研究（六種）〉，《朱德熙古文字論集》（北京：中華書局），1996 年。

3. 沈培：〈上博簡《緇衣》篇「卷」字解〉，《新出土文獻與古代文明研究》（上海：上海大學出版社），2004 年。

4. 李銳師：〈信陽長臺官楚簡索隱〉，《華夏考古》，2016 年。

5. 李學勤：〈長臺關竹簡中的《墨子》佚篇〉，《徐中舒先生九十壽辰紀念文集》（成都：巴蜀書社），1990 年。

6. 李家浩：〈從曾姬無卹壺銘文談楚滅曾的年代〉，《文史（第 33 輯）》，1990 年。

7. 李零：〈曾侯乙墓漆箱文字補證〉，《江漢考古》，2019 年。

8. 李零：〈郭店楚簡校讀記〉，《道家文化研究（郭店楚簡專號）（第 17 輯）》（北

京：三聯書店），1999 年。

9. 李守奎：〈楚簡文字四考〉，《中國文字研究（第 3 輯）》（南寧：廣西教育出版社），2002 年。

10. 李守奎：〈讀《說文》札記一則〉，《古籍整理研究學刊》，1997 年第 3 期。

11. 李家浩：〈信陽楚簡「澮」字及从「犬」之字〉，《著名中年語言學家自選集‧李家浩》，（合肥：安徽教育出版社），2002 年。

12. 李家浩：〈楚墓竹簡中的「昆」字及从「昆」之字〉，《中國文字（新 25 期）》，1999 年。

13. 李家浩：〈釋老簋銘文中的「瀘」字〉，《安徽大學漢語言文字研究叢書‧李家浩卷》（合肥：安徽教育出版社），2002 年。

14. 何琳儀：〈信陽竹書與《墨子》佚文〉，《安徽大學學報（哲學社會科學版）》，2001 年。

15. 林誌強：〈漢字初文「同象異字」現象補例〉，《古漢語研究》，2018 年。

16. 俞偉超：《中國古代公社組織的考察》，（北京：文物出版社），1988 年。

17. 陳劍：〈說「規」等字並論一些特別的形聲字意符〉，《源遠流長：漢字國際學術研討會暨 AEARU 第三屆漢字文化研討會論文集》（北京：北京大學出版社），2018 年。

18. 陳劍：〈釋西周金文中的「厷」字〉，《甲骨金文考釋論集》（北京：綫裝書局），2007 年。

19. 陳劍：〈柞伯簋銘文補釋〉，《甲骨金文考釋論集》（北京：綫裝書局），2007 年。

20. 陳劍：〈《上博（六）‧孔子見季桓子》重編新釋〉，《戰國竹書論集》（上海：上海古籍出版社），2013 年。

21. 陳劍：〈據《清華簡（伍）》的古文虞字說毛公鼎和殷墟甲骨文的有關諸字〉，《古文字與古代史（第 5 輯）》（臺北：中央研究院歷史語言研究所），2017 年。

22. 陳劍：〈試說甲骨文的殺字〉，《古文字研究（第 29 輯）》，頁 9～19。

23. 陳劍：〈說「安」字〉，《語言學論叢（第 31 輯）》，頁 349～360。

24. 陳劍：〈釋「琮」及相關諸字〉，《甲骨金文考釋論集》（北京：綫裝書局，2007.5），頁 273～316。

25. 陳劍：〈甲骨金文舊釋「尤」之字及相關諸字新釋〉，《甲骨金文考釋論集》（北京：綫裝書局），2007 年。

26. 陳劍：〈釋造〉，《甲骨金文考釋論集》（北京：綫裝書局），2007 年。

27. 陳劍：〈甲骨金文「岐」字補釋〉，《甲骨金文考釋論集》（北京：綫裝書局），2007 年。

28. 陳劍：〈釋上博竹書《昭王毀室》的「幸」字〉，《漢字研究（第 1 輯）》（北京：學苑出版社），2005 年。

29. 陳斯鵬：〈「舌」字古讀考〉，《文史》2014 年第 2 期。

30. 陳昭容：〈釋古文字中的丵及从丵諸字〉，《中國文字（新 22 期）》，1997 年。

31. 郭沫若：〈釋沙〉，《金文叢考》（北京：人民出版社），1954 年。

32. 郭永秉：〈從戰國楚系「乳」字的辨釋談到戰國銘刻中的「乳（孺）子」〉，《簡帛‧

經典・古史》（上海：上海古籍出版社），2013 年。

33. 郭永秉：〈釋上博楚簡《平王問鄭壽》的「訊」字〉，《古文字研究（第 27 輯）》，
    2008 年。

34. 郭永秉：〈釋清華簡中倒山形的「覆」字〉，《中國文字（新 39 期）》，2013 年。

35. 郭永秉：〈續說戰國文字的「麦」和從「麦」之字〉，中央研究院歷史語言研究所
    「古文字學青年論壇」，2013 年。

36. 郭永秉：〈補說「麗」、「瑟」的會通——從《君人者何必安哉》的「玩」字說起〉，
    《中國文字（新 38 期）》，2012 年。

37. 徐在國：〈上博五「稷」字補說〉，《清華簡研究（第 1 輯）》（上海：中西書局）
    2012 年。

38. 張桂光：〈古文字義近形旁通用條件的探討〉，《古文字研究（第 19 輯）》（北京：
    中華書局），1992 年。

39. 黃甜甜：〈《繫年》第三章「成王屎伐商邑」之「屎」字補論〉，載《深圳大學學
    報（人文社會科學版）》，2012 年。

40. 楊安：〈「助」、「叀」考辨〉，《中國文字（新 37 期）》，2011 年。

41. 何琳儀、黃德寬：〈說蔡〉，《新出楚簡文字考》（合肥：安徽大學出版社），2007
    年。

42. 董蓮池：〈古文字無傾頭形「天」字說〉，《古文字研究（第 26 輯）》（北京：中華
    書局），2006 年。

43. 詹鄞鑫：〈釋甲骨文「知」字——兼說商代的舊禮與新禮〉，《華夏考：詹鄞鑫文
    字訓詁論集》（北京：中華書局），2007 年。

44. 裘錫圭：〈甲骨文中所見的商代農業〉，《裘錫圭學術文集（卷一）》（上海：復旦
    大學出版社），2015 年。

45. 裘錫圭：〈釋建〉，《古文字論集》（北京：中華書局），1992 年。

46. 裘錫圭：〈釋「弋」〉，《裘錫圭學術文集》（上海：復旦大學出版社），2012 年。

47. 裘錫圭：〈釋「勿」「發」〉，《裘錫圭學術文集》（上海：復旦大學出版社），2012
    年。

48. 裘錫圭：〈釋「祕」〉，《裘錫圭學術文集》（上海：復旦大學出版社），2012 年。

49. 裘錫圭：〈釋古文字中的有些「悤」字和從「悤」、從「兇」之字〉，《裘錫圭學術
    文集》（上海：復旦大學出版社），2012 年。

50. 裘錫圭：〈釋「衍」、「侃」〉，《裘錫圭學術文集》（上海：復旦大學出版社），2012
    年。

51. 裘錫圭：〈釋郭店《緇衣》「出言有丨，黎民所丨」——兼說「丨」為「針」之初
    文〉，古墓新知——紀念郭店楚簡出土十週年論文專輯》（香港：國際炎黃文化出
    版社，2003 年。

52. 蔡哲茂：〈釋「𩵋」、「𩵋」〉，載《故宮學術季刊（第 5 卷第 3 期）》（臺北：故宮博
    物院），1988 年。

53. 趙平安：〈㚔盤及其「郴君」考〉，《文字・文獻・古史學——趙平安自選集》（上
    海：中西書局），2019 年。

54. 趙平安：〈說役〉，《語言研究》2011 年第 3 期。

55. 魏宜輝：〈談古文字「夓」、「鬼」之辨及相關問題〉，《出土文獻與古文字研究（第 8 輯）》（上海：中西書局），2019 年。

56. 謝明文：〈「或」字補說〉，《出土文獻研究（第 15 輯）》（上海：中西書局），2016 年。

57. 龍宇純：〈甲骨金文𥄎字及其相關問題〉，中研院《史語所集刊》三十四本，1963 年。

58. 程少軒：〈試說「雟」字及相關問題〉，《出土文獻與古文字研究（第 2 輯）》，2011 年。

59. 程浩：〈清華簡第七輯整理報告拾遺〉，《出土文獻》2017 年第 1 期。

60. 馮勝君：〈試說東周文字中部分「嬰」及从「嬰」之字的聲符——兼釋甲骨文中的「瘿」和「頸」〉（出土文獻與傳世典籍的詮釋——紀念譚樸森先生逝世兩週年國際學術研討會論文）2009 年。

61. 詹鄞鑫：〈釋辛及與辛有關的幾個字〉，《中國語文》1983 年。

62. 鄔可晶：〈上古漢語中本來是否存在語氣詞「只」的問題的再檢討〉，《出土文獻與古文字研究（第 6 輯）》，2015 年。

63. 袁國華：〈望山楚墓卜筮祭禱簡文字考釋四則〉，《中央研究院歷史語言研究所集刊》七十四本二分，2003 年。

64. 徐中舒：〈耒耜考〉，《中央研究院歷史語言研究所集刊》二本第一分，1960 年。

65. 徐中舒：〈怎樣研究中國古代文字〉，《古文字研究（第 15 輯）》。

66. 徐中舒：〈對「金文編」的幾點意見〉，《考古》1959 年。

67. 高祐仁：〈上博九《成王為城濮之行》通釋〉，中央研究院歷史語言研究所「古文字學青年論壇」，2013 年。

68. 高鴻縉：〈散盤集釋〉，《師大學報（第 2 期）》，1957 年。

69. 張亞初：〈古文字源流疏證釋例〉，《古文字研究（第 21 輯）》。

70. 張亞初：〈周厲王所作祭器㝬簋考〉，《古文字研究（第 5 輯）》。

71. 曹方向：〈上博簡《邦人不稱》與白公之亂〉，復旦大學歷史系、出土文獻與古文字研究中心主辦，《簡帛文獻與古代史學術研討會暨第二屆出土文獻青年學者論壇會議論文集》，2016 年。

六、網路文章

1. 孟蓬生：〈上博竹書（四）閒詁〉，簡帛研究網站，（http://www.bamboosilk.org/），2005 年 2 月 15 日。

2. 復旦大學讀書會：〈攻研雜誌（三）——讀《上博（六）·孔子見季桓子》札記（四則）〉，復旦大學出土文獻與古文字研究中心網站，（http://www.gwz.fudan.edu.cn/Web/Show/439），2008 年 5 月 23 日。

3. 復旦大學出土文獻與古文字研究中心研究生讀書會：〈《上博七·吳命》校讀〉，復旦大學出土文獻與古文字研究中網站，（http://www.gwz.fudan.edu.cn/web/show/577），2008 年 12 月 30 日。

4. 王寧：〈清華簡七《越公其事》讀札一則〉，武漢大學簡帛研究中心「簡帛」網站，（http://www.bsm.org.cn/show_article.php?id=2809），2017 年 5 月 22 日。

5. 程燕：〈清華七札記三則〉，武漢大學簡帛研究中心「簡帛」網站，（http://www.bsm.org.cn/show_article.php?id=2788），2017 年 4 月 26 日。

6. 李零：〈長臺關楚簡《申徒狄》研究〉，簡帛研究網站，（http://www.jianbo.org/Wssf/Liling2-01.htm）。

7. 李銳師：〈《孔子見季桓子》重編〉，武漢大學簡帛研究中心「簡帛」網站，（http://www.bsm.org.cn/show_article.php?id=703#_ftn61），2007 年 8 月 22 日。

8. 謝明文：〈釋金文中的「鋀」字〉，復旦大學出土文獻與古文字研究中心網站，（http://www.gwz.fudan.edu.cn/Web/Show/2045），2013 年 5 月 13 日。

9. 王挺斌：〈《晉文公入於晉》的「冕」字小考〉，清華大學出土文獻研究與保護中心網站，（http://www.ctwx.tsinghua.edu.cn/publish/cetrp/6831/2017/201704242216412511741 34/20170424221641251174134_.html），2017 年 4 月 24 日。

10. 王寧：〈清華簡七《子犯子餘》文字釋讀二則〉，武漢大學簡帛研究中心「簡帛」網站，（http://www.bsm.org.cn/show_article.php?id=2798），2017 年 5 月 3 日。

11. 王寧：〈清華簡六《鄭文公問太伯》（甲本）釋文校讀〉，復旦大學出土文獻與古文字研究中心網站，（http://www.gwz.fudan.edu.cn/SrcShow.asp?Src_ID=2809），2016 年 5 月 30 日。

12. 王寧：〈釋清華簡七《子犯子餘》中的「愕籥」〉，復旦大學出土文獻與古文字研究中心網站，（http://www.gwz.fudan.edu.cn/Web/Show/3024），2017 年 5 月 4 日。

13. 王磊：〈清華七《越公其事》札記六則〉，武漢大學簡帛研究中心「簡帛」網站，（http://www.bsm.org.cn/show_article.php?id=2806），2017 年 5 月 17 日。

14. 王磊：〈清華七《趙簡子》篇札記一則〉，武漢大學簡帛研究中心「簡帛」網站，（http://www.bsm.org.cn/show_article.php?id=2805），2017 年 5 月 14 日。

15. 伊諾：〈清華柒《子犯子餘》集釋〉，復旦大學出土文獻與古文字研究中心網站，（http://www.gwz.fudan.edu.cn/Web/Show/4210），2018 年 1 月 18 日。

16. 宋華強：〈楚簡中從「黽」從「甘」之字新考〉，武漢大學簡帛研究中心「簡帛」網站，（http://www.bsm.org.cn/show_article.php?id=494），2006 年 12 月 30 日。

17. 李銳：〈讀清華簡 3 札記（三）〉，孔子 2000 網站，（http://www.confucius2000.com/admin/list.asp?id=5552），2013 年 1 月 14 日。

18. 周忠兵：〈說古文字中的「戴」字及相關問題〉，復旦大學出土文獻與古文字研究中心網站，（http://www.gwz.fudan.edu.cn/SrcShow.asp?Src_ID=1767），2012 年 1 月 3 日。

19. 孟躍龍：〈《清華七》「桋（桎）」字試釋〉，復旦大學出土文獻與古文字研究中心網站，（http://www.gwz.fudan.edu.cn/Web/Show/3043），2017 年 5 月 11 日。

20. 季師旭昇：〈清華四芻議：聞問，凡是（征）〉，武漢大學簡帛研究中心「簡帛」網站，（http://www.bsm.org.cn/show_article.php?id=1980），2014 年 1 月 10 日。

21. 林少平：〈清華簡所見成湯「网開三面」典故〉，復旦大學出土文獻與古文字研究中心網站，（http://www.gwz.fudan.edu.cn/Web/Show/3022），2017 年 5 月 3 日。

22. 俞志慧：〈《魯邦大旱》句讀獻疑〉，簡帛研究網站，（http://www.bamboosilk.org/Wssf/2003/yuzhihui03.htm），2003 年 1 月 27 日。

23. 孫合肥：〈清華柒《趙簡子》札記一則〉，武漢大學簡帛研究中心「簡帛」網站，（http://www.bsm.org.cn/show_article.php?id=2783），2017 年 4 月 25 日。

24. 翁倩：〈清華簡（柒）《子犯子餘》篇札記一則〉，武漢大學簡帛研究中心「簡帛」網站，（http://www.bsm.org.cn/show_article.php?id=2808），2017 年 5 月 20 日。

25. 曹建敦：〈讀上博藏楚〈內豐〉篇札記〉，簡帛研究網站，（http://www.jiabo.org/admin3/2005/caojiandum001.htm），2005 年 3 月 4 日。

26. 清華七《趙簡子》初讀，武漢大學簡帛研究中心網站簡帛論壇，（http://www.bsm.org.cn/bbs/read.php?tid=3459）。

27. 清華大學出土文獻讀書會：〈《清華大學藏戰國竹簡》（貳）研讀札記（二）〉，清華大學出土文獻研究與保護中心網站，（http://www.ctwx.tsinghua.edu.cn/publish/cetrp/6831/2011/20111229152635633130119/20111229152635633130119_.html），2011 年 12 月 29 日。

28. 清華大學出土文獻讀書會：〈《清華大學藏戰國竹簡》（貳）研讀札記（一）〉，復旦大學出土文獻與古文字研究中心網站，（http://www.gwz.fudan.edu.cn/SrcShow.asp?Src_ID=1743），2011 年 12 月 22 日。

29. 清華大學出土文獻讀書會：〈《清華大學藏戰國竹簡》（貳）研讀札記（二）〉，清華大學出土文獻研究與保護中心網站，（http://www.ctwx.tsinghua.edu.cn/publish/cetrp/6831/2011/20111229152635633130119/20111229152635633130119_.html），2011 年 12 月 29 日。

30. 清華大學出土文獻讀書會：〈清華七整理報告補正〉，清華大學出土文獻研究與保護中心網站，（http://www.ctwx.tsinghua.edu.cn/publish/cetrp/6831/2017/20170423065227407873210/20170423065227407873210_.html），2017 年 4 月 23 日。

31. 陳民鎮：〈清華簡《繫年》所見越國史新史料〉，復旦大學出土文獻與古文字研究中心網站，（http://www.gwz.fudan.edu.cn/SrcShow.asp?Src_ID=1804），2012 年 3 月 18 日。

32. 陳治軍：〈清華簡《趙簡子》中從「黽」字釋例〉，復旦大學出土文獻與古文字研究中心網站，（http://www.gwz.fudan.edu.cn/Web/Show/3017），2017 年 4 月 29 日。

33. 陳偉：〈也說楚簡從「黽」之字〉，武漢大學簡帛研究中心「簡帛」網站，（http://www.bsm.org.cn/show_article.php?id=2792），2017 年 4 月 29 日。

34. 陳偉：〈清華七《子犯子餘》校讀（續）〉，武漢大學簡帛研究中心「簡帛」網站，（http://www.bsm.org.cn/show_article.php?id=2796），2017 年 5 月 1 日。

35. 陳偉：〈清華七《子犯子餘》校讀〉，武漢大學簡帛研究中心「簡帛」網站，（http://www.bsm.org.cn/show_article.php?id=2793），2017 年 4 月 30 日。

36. 陳偉：〈清華簡七《子犯子餘》「天禮悔禍」小識〉，武漢大學簡帛研究中心「簡帛」網站，（http://www.bsm.org.cn/show_article.php?id=2782），2017 年 4 月 25 日。

37. 陶金：〈清華簡七《子犯子餘》「人面」試解〉，武漢大學簡帛研究中心「簡帛」網站，（http://www.bsm.org.cn/show_article.php?id=2815），2017 年 5 月 26 日。

38. 復旦大學出土文獻與古文字研究中心研究生讀書會：〈《清華大學藏戰國竹簡

（壹）·金縢》研讀札記〉，復旦大學出土文獻與古文字研究中心網站，（http://www.
gwz.fudan.edu.cn/SrcShow.asp?Src_ID=1344），2011 年 1 月 5 日。

39. 復旦大學出土文獻與古文字研究中心讀書會：〈《清華（貳）》討論記錄〉，復旦大
學出土文獻與古文字研究中心網站，（http://www.gwz.fudan.edu.cn/SrcShow.asp?
Src_ID=1746），2011 年 12 月 20 日。

40. 程燕：〈清華七札記三則〉，武漢大學簡帛研究中心「簡帛」網站，（http://www.bsm.
org.cn/show_article.php?id=2788），2017 年 4 月 26 日。

41. 華東師範大學中文系戰國簡讀書小組：〈讀《清華大學藏戰國竹簡（貳）·繫年》
書後（二）〉，武漢大學簡帛研究中心「簡帛」網站，（http://www.bsm.org.cn/show_
article.php?id=1611），2011 年 12 月 30 日。

42. 華東師範大學中文系戰國簡讀書小組：〈讀《清華大學藏戰國竹簡（貳）·繫年》
書後（三）〉，武漢大學簡帛研究中心「簡帛」網站，（http://www.bsm.org.cn/show_
article.php?id=1613），2012 年 1 月 1 日。

43. 馮勝君：〈清華七《晉文公入於晉》釋讀札記一則〉，復旦大學出土文獻與古文字
研究中心網站，（http://www.gwz.fudan.edu.cn/Web/Show/3008），2017 年 4 月 25
日。

44. 馮勝君：〈清華簡《子犯子餘》篇「不忻」解〉，武漢大學簡帛研究中心「簡帛」
網站，（http://www.bsm.org.cn/show_article.php?id=2799），2017 年 5 月 5 日。

45. 黃德寬：〈試釋楚簡中的「湛」字〉，復旦大學出土文獻與古文字研究中心網站，
（http://www.gwz.fudan.edu.cn/Web/Show/3062），2017 年 6 月 6 日。

46. 子居：〈清華簡七《子犯子餘》韻讀〉，中國先秦史網站，（http://xianqin.22web.org/
2017/10/28/405?i=1），2017 年 10 月 28 日。

47. 趙平安：〈《清華簡（陸）》文字補釋（六則）〉，清華大學出土文獻研究與保護中
心網站，（http://www.ctwx.tsinghua.edu.cn/publish/cetrp/6831/2016/20160416052835
466553594/20160416052835466553594_.html），2016 年 4 月 16 日。

48. 趙嘉仁：〈讀清華簡（七）散札（草稿）〉，復旦大學出土文獻與古文字研究中心
網站，（http://www.gwz.fudan.edu.cn/forum/forum.php?mod=viewthread&tid=
7968&extra=page%3D2），2017 年 4 月 24 日。

49. 劉建明：〈清華簡《繫年》釋讀辨疑〉，孔子 2000 網站，（http://confucius2000.com/
admin/list.asp?id=5508），2012 年 12 月 26 日。

50. 劉洪濤：〈《釋「蠅」及相關諸字》補證〉一文〉，復旦大學出土文獻與古文字研
究中心網站，（http://www.gwz.fudan.edu.cn/Web/Show/2803），2016 年 5 月 22 日。

51. 劉釗：〈利用清華簡（柒）校正古書一則〉，復旦大學出土文獻與古文字研究中心
網站，（http://www.gwz.fudan.edu.cn/Web/Show/3018），2017 年 5 月 1 日。

52. 滕勝霖：〈《晉文公入於晉》「晃」字續考〉，復旦大學出土文獻與古文字研究中心
網站，（http://www.gwz.fudan.edu.cn/SrcShow.asp?Src_ID=3110），2017 年 9 月 24
日。

53. 蕭旭：〈清華簡（七）《子犯子餘》「弱寺」解詁〉，復旦大學出土文獻與古文字研
究中心網站，（http://www.gwz.fudan.edu.cn/Web/Show/3052），2017 年 5 月 23 日。

54. 蕭旭：〈清華簡（七）校補（一）〉，復旦大學出土文獻與古文字研究中心網站，

（http://www.gwz.fudan.edu.cn/Web/Show/3055），2017 年 5 月 27 日。

55. 顏世鉉：〈說清華竹書《繫年》中的兩個「保」字〉，武漢大學簡帛研究中心「簡帛」網站，（http://www.bsm.org.cn/show_article.php?id=1617），2012 年 1 月 4 日。

56. 蘇建洲：〈《上博（五）‧姑成家父》簡 3「褆」字考釋〉，武漢大學簡帛研究中心「簡帛」網站，（http://www.bsm.org.cn/show_article.php?id=305），2006 年 3 月 30 日。

57. 蘇建洲：〈對於《試釋戰國時代從「之」從「首（或從『頁』）」之字》一文的補充〉，武漢大學簡帛研究中心「簡帛」網站，（http://www.bsm.org.cn/show_article.php?id=635），2007 年 7 月 18 日。

58. 天鑾：〈釋《清華六‧管仲》的「鏖」〉，復旦大學出土文獻與古文字研究中心網站，http://www.gwz.fudan.edu.cn/Web/Show/2771，2016 年 4 月 16 日。

59. 趙平安：〈《清華簡（陸）》文字補釋（六則）〉，清華大學出土文獻研究與保護中心網站，（http://www.tsinghua.edu.cn/publish/cetrp/6831/2016/201604160528354665 53594/20160416052835466553594_.html）2016 年 4 月 16 日。

60. 駱珍伊：《〈清華陸‧管仲〉札記七則》，武漢大學簡帛研究中心「簡帛」網站，（http://www.bsm.org.cn/show_article.php？id=2530），2016 年 4 月 23 日。

61. 曹方向：《清華簡〈管仲〉帝辛事蹟初探》，武漢大學簡帛研究中心「簡帛」網站，（http://www.bsm.org.cn/show_article.php？id=2532），2016 年 4 月 23 日。

62. 龐壯城：《〈清華簡（陸）〉考釋零箋》，武漢大學簡帛研究中心「簡帛」網站，（http://www.bsm.org.cn/show_article.php？id=2537），2016 年 4 月 27 日。

63. 季師旭昇：〈《清華肆‧筮法》「昭穆」淺議〉，復旦大學出土文獻與古文字研究中心網站，（http://www.gwz.fudan.edu.cn/SrcShow.asp?Src_ID=2261），2015 年 5 月 2 日。

64. 季師旭昇：〈清華四芻議：聞問，凡是（征）〉，武漢大學簡帛研究中心「簡帛」網站，（http://www.bsm.org.cn/show_article.php?id=1980）2014 年 1 月 10 日。

65. 侯乃峰：〈清華簡（三）所見「倒山形」之字構形臆說〉，武漢大學簡帛研究中心「簡帛」網站，（http://www.bsm.org.cn/show_article.php?id=1811）2013 年 1 月 14 日。

66. 孫合肥：〈清華簡《筮法》札記一則〉，復旦大學出土文獻與古文字研究中心網站，（http://www.gwz.fudan.edu.cn/SrcShow.asp?Src_ID=2222），2014 年 1 月 25 日。

67. 王紅亮：〈清華簡（六）《鄭武公夫人規孺子》有關歷史問題解說〉，復旦大學出土文獻與古文字研究中心網站，（http://www.gwz.fudan.edu.cn/SrcShow.asp?Src_ID=2772），2016 年 4 月 17 日。

68. 王寧：〈由清華簡六二篇說鄭的立國時間問題〉，復旦大學出土文獻與古文字研究中心網站，（http://www.gwz.fudan.edu.cn/SrcShow.asp?Src_ID=2784），2016 年 5 月 1 日。

69. 王寧：〈清華簡六《鄭武夫人規孺子》寬式文本校讀〉，復旦大學出土文獻與古文字研究中心網站，（http://www.gwz.fudan.edu.cn/SrcShow.asp?Src_ID=2784），2016 年 5 月 1 日。

70. 何有祖：〈讀清華六短札（三則）〉，武漢大學簡帛研究中心「簡帛」網站，

（http://www.bsm.org.cn/show_article.php?id=2524），2016 年 4 月 19 日。

71. 李鵬輝：〈清華簡陸筆記二則〉，復旦大學出土文獻與古文字研究中心網站，
（http://www.gwz.fudan.edu.cn/Web/Show/2775），2016 年 4 月 20 日。

七、數據文獻資料

1. 北京師範大學「數字化《說文解字》」系統：http://szsw.bnu.edu.cn/swjz/

2. 中央研究院史語所「殷周金文與青銅器資料庫」：
http://bronze.asdc.sinica.edu.tw/qry_bronze.php

3. 「引得市」數位系統：http://www.mebag.com/index/

4. 「《詩經》語言學資料輯要」系統：http://www.guguolin.com/shijing_book.php